ヨウコ
メルディ
ルナ
リファ

ティナ
メイ
マイ
リュカ

5

レベル1の最強賢者

～呪いで最下級魔法しか使えないけど、
神の勘違いで無限の魔力を手に入れ最強に～

LEVEL 1 NO SAIKYO KENJYA

レベル1の最強賢者 5

～呪いで最下級魔法しか使えないけど、神の勘違いで無限の魔力を手に入れ最強に～

木塚麻弥

BRAVENOVEL
ブレイブ文庫

01

未来への希望

LEVEL 1 NO SAIKYO KENJYA

やさしい陽の光を顔に浴びて目を覚ましました。半分くらい無意識のまま布団を捲《めく》り、上半身を起こして伸びをします。

「……ここは？」

まだ頭はボーっとしていますが、ここがハルト様のお屋敷ではないことに気付きました。いつもと違う少し硬めのベッド、見慣れない布団。窓に取り付けられたカーテンも私が用意したものではないですね。

「私は確か、ハルト様と――」

思い出せる最後の記憶は、私の夫であるハルト様の腕に抱かれながら彼に優しくキスされたこと。とても幸せでした。彼に包まれているのが心地よくて、落ちるように眠りについたのだと思います。

少しずつ意識が覚醒してきました。ここがどこか思い出したのです。

ここは獣人の王国ベスティエの王城、その一室です。

私が教師を務めるイフルス魔法学園の行事の一環として、私のクラスはベスティエに一か月間の滞在をしている最中でした。私はエルフの王国では少しだけ特別扱いされるような存在なのですが、この国ではほとんど一般人であると言えます。そんな私が王城の一室で寝られている理由――それは私の教え子のメルディさんが、この国のお姫様だったからです。

メルディさんのお父様、つまりこの国《ベスティエ》の王である獣人王レオ様が魔人に呪いをかけられたという報せを受け、彼女はハルト様と共にこの国に帰ってきました。私たちはメルディさんたちを追う形で、この国にやって来たのです。ベスティエに来てから判明したことなのですが、彼女は家出のような感じでこの国を飛び出して魔法学園に来たみたいです。

色々とありましたが、獣人王様の呪いは無事に解くことができました。一般の兵が束になっても敵わない魔人という存在にかけられた強力な呪いといえど、ハルト様のお力をもってすれば解除はたやすいことなのです。

ふと、私の隣にある布団のふくらみに目を向けました。その布団に手をかけ、ゆっくりと捲ってみると――いました。ハルト様です。獣人王様の呪いを解き、その後開催された武神武闘会で優勝してベスティエの所有者《オーナー》となったお方。私のクラスにメルディ《獣人族のお姫様》さんがいるからというのに加え、ハルト様がベスティエのオーナーなので私もこの王城にいられるのです。

ハルト様は私の方に身体を向け、とても安らかなお顔で眠っています。こんなに優しいお顔をした方が、魔人や悪魔を容易く倒せる力をお持ちだなんて普通は分かりませんよね。とは言っても戦っている時のハルト様を見れば、そのイメージは払拭されます。どんな強大な敵にも怯まず、堂々としていて凛々しいお姿。膨大な魔力をもって敵を圧倒する様子は、何度見ても驚かされます。ハーフエルフという長命の種族である私は、数十年かけて世界中を旅し知見を深めてきました。そんな私の常識を軽く覆してしまうような魔法を、ハルト様は事も無げに使ってみせるのです。

ハルト様は異世界からこちらの世界にやって来た転生者です。本来であれば転生者という存在は、超強力なスキルや圧倒的なステータスを神様から与えられて、あまり努力しなくてもこの世界で覇権を握れるほどの力を得ます。しかしハルト様を転生させたのは邪神で、彼が邪神から受け取った転生特典は呪いでした。

呪いのせいでレベル1の状態から何をやってもステータスが向上しないハルト様は一度に放出できる魔力の上限にも枷があり、各属性の最下級魔法しか使えないのです。にもかかわらず彼は、邪神直轄の上位悪魔を単独で撃破できるほどの力を得ました。邪神の呪いによってステータスが《固定》されているハルト様は、実質無限の魔力をお持ちだったのです。ちなみにそれだけでは今の彼のように多種多様の魔法を使うことも、悪魔を倒すほどの力を得ることもできなかったでしょう。

ハルト様は強くなるための努力をなさったのです。魔法の同時展開に、複数属性の魔法を合成する技術など。無限の魔力があるのをいいことに、彼は思いつく限りの魔法訓練を行ってきました。当時ハルト様の専属メイドであった私に隠れて、かなり無茶なこともなさっていたようです。

魔法を学ぶ環境に恵まれていた、というのも彼が強くなれた一因ではあるかと思います。だって転生者を除けば世界最強の魔法剣士であるこの私ティナ＝ハリベルが、ハルト様に魔法を教える先生だったのですから。ハリベルというのは私の旧姓で、今はティナ＝エルノールという名前です。

ハルト様の頬にそっと手を添えてみました。

「……ティナ」

私の手をつかまえるように、ハルト様の手が伸びてきました。私の手に彼の手が重ねられていますが、まだハルト様は起きていないみたいですね。寝ぼけていても私に触れようとしてくださることが嬉しくて、なんだか心が温かくなります。

私はハルト様のことを百年待ち続けていました。彼はこの世界に転生する前は西条遥人《さいじょうはると》というお名前で、百年前に勇者としてこちらの世界に転移してこられたのです。私は彼と一緒に魔王を倒すための旅をしました。遥人様は私の命の恩人です。命を助けられたから――というわけではないのですが、私は彼のことを心からお慕いしていました。自分がどれだけ傷付こうとも、いつも最前線で魔王が放った魔物たちと戦い続ける遥人様の姿はこの世界の多くの人々に勇気と希望を与えました。彼の後ろにいるだけで何とかなる、絶対に助かると思えるのです。

私が遥人様に惹かれたのは彼が強いからだけではありません。戦っていないときの遥人様はとても優しくて、いつも私のことを気にかけてくださいました。私が作った料理をおいしそうに食べてくださったことも、両親を失った私を慰めてくださったことも、絶対に私を守ると約束してくださったことも――彼を好きになった要因です。私は遥人様のことが大好きでした。

ですが勇者様は魔王を倒したら元の世界に戻らなくてはいけません。遥人様も例外ではありませんでした。別れ際、彼が残した言葉は今でも鮮明に覚えています。

『俺は必ず戻ってくる』

遥人様はそうおっしゃっていました。それから彼は、こちらの世界に戻って来たときは記憶をなくしているかもしれないけど、絶対にまた私を好きになると約束をしてくださいました。

遥人様はその約束を果たしてくださったのです。彼はシルバレイ伯爵家の三男であったハルト様としてこちらの世界に転生し、私のことを好きになってくださいました。そして昨日、ハルト様はついに私との冒険の記憶を思い出しました。

実は私、ハルト様が遥人様の生まれ変わりであると思い続けていたのです。私が知る限り最強のエルフ族であるサリオンに仕込まれた私の魔力検知能力を持ってすれば、遥人様の魔力の波長を読み違えることなどありえません。私は遥人様の魔力と同じ波長をもった子が生まれた瞬間から、彼がこちらの世界に転生してくることを確信していました。そうして私はハルト様の専属メイドとなり、彼が私のことを思い出してくれる日を待ち続けていたのです。

魔法学園の授業でハルト様が私の大切な魔具を壊してしまった日、彼は転生者であることを話してくださいました。しかし、私と魔王討伐の旅をした記憶はないと。少し悲しかったことを今でも覚えています。

遥人様がもとの世界に帰るとき、『今とは違う姿』で戻ってくるかもしれないとおっしゃっていました。彼がこちらの世界に帰ってくるときは生まれ変わって、つまり転生してくるということです。遥人様は魔物の軍勢から人々を守る過程で、直感というスキルを修得していました。その直感で、ご自身が転生してこちらの世界に再びやってくることを何となく気付いたのだと思います。

彼が転生してくるのを待つ間、私にはたくさんの時間がありました。だから私は世界中を旅して、転移や転生の情報を集めていました。様々な文献や魔導書を読破し、こちらの世界に異世界人が転移でやってくるとき、その肉体は神様が準備するということを知りました。ひとことに肉体の準備と言ってもいろんな種類があるようです。特に多いのがふたつあって、ひとつ目は家族などがおらず、この世界の住人と一切関わりがない無垢な肉体。ふたつ目は実在する夫婦の元に生まれた子を神様が祝福し、勇者としての素質を持った者を転生させるために用意される肉体です。遥人様は後者の方法でこの世界に転生してきたようですね。

遥人様はハルト様の肉体が五歳になった時に転生してきたと思い込んでいらっしゃいますが、私はそうではないと考えていました。だってハルト様が生まれた瞬間から、その魔力の波長は遥人様のものと全く同じだったのですから。だからハルト様は生まれた時から既に遥人様の生まれ変わりだったのです。遥人様だったときの記憶を取り戻したのが五歳だったということ。そこからさらに数年を経て、私との冒険の記憶も取り戻してくださったのです。

ハルト様が記憶を取り戻すと同時に、記憶の女神さまによって封印されていた私の記憶も返ってきました。百年前、遥人様が私とのお別れの時間を作るために記憶の女神さまと交わした契約によって、私は遥人様のお名前を忘れていたのです。彼の名前を呼びながらとった私の行為の多くは、不明瞭な記憶となっていました。遥人様と一緒に過ごして楽しかったこと、嬉しかったこと、魔物からヒトを助けられず悔しく悲しかったことも……。それらすべての記憶が一気に戻って来て、私はかなり混乱しました。でもそんなことはどうでもよくなったのです。彼が帰って来たのですから。

遥人様は約束通り、私の元に帰ってきてくださいました。私のことを好きになってくださいました。私も帰ってきたハルト様を捜し出して、彼の記憶が戻るまで待つということを成し遂げたのです。私、頑張ったと思います。偉いと思います。ですから今後は、思う存分ハルト様に甘えちゃおうって思うのです。

ハルト様と一緒に過ごすこれからのことを想像して、思わず笑みがこぼれました。これからのこと……。まだ学生であるハルト様には少し早いのかもしれませんが、私はいつか彼の子がほしいと考えていました。百年前は私の身体が未熟だったこともあり、遥人様とはそういったことはしませんでした。添い寝やキスなら、その……したことはあります。

今のハルト様は学生ですが、悪魔を倒せるほどの力をお持ちです。ちょっと強い魔物——例えば属性竜でも倒せば、数年は貴族並みの生活をすることが可能です。彼はお金を稼ぐ力を持っているのです。甲斐性があります。私にも貯えがありますし、エルフの王国から支援ももらえることでしょう。だから子を成しても問題ないと思うのです。

ですがハルト様に無理強いしたくはありません。彼にはまだ、やるべきことがありますから。ハルト様は邪神に転生させられました。つまり遥人様は邪神に殺されているのです。この世界で特に力を持つ四大神の一柱である邪神に、ハルト様は恨みを抱いていました。

『俺は力をつけて、いつか邪神を一発殴りたい』

かつてハルト様はそうおっしゃっていました。この世界で最強と言っても過言ではないほどの力を得てもなお、彼が更なる力を得ようと努力しているのは神様を殴るためなのです。大きすぎる目標だとは思いますが、私はハルト様なら成し遂げられると信じています。彼はきっと邪神を殴り飛ばせます。ですがそれだけではダメなのです。優しいハルト様のことですから、いくら自分を殺した邪神とはいえ、その存在を消し去ろうとまではしないはず。それに邪神はこの世界の神です。存在を消滅させてしまうと、世界にどんな影響があるのか分かりません。つまり、ダメージから回復した邪神の報復に耐えなければいけないということです。神を殴る力を得るだけではなく、更にその上を目指さなければならないのです。ハルト様もそのことは重々承知だと思います。それが分かっているから、彼は今でも強くなる努力を続けています。私はハルト様の邪魔をしたいとは思いません。もし本当に邪神の所へ行くとなったときは、少し引き留めるかもしれませんが……。


「んっ……。あ、あれ？　ここは」

ハルト様が目を覚まされました。

「ベスティエの王城ですよ。ハルト様」

「ベスティエの……あぁ、そうか」

まだ眠いようですね。昨日は本当に色々ありましたから、お疲れなのでしょう。眠そうにしているハルト様のお顔も可愛らしくて大好きです。こうしていつものように起きて、彼と一緒に過ごせることを幸せに感じます。できることなら、これからもずっと――

「おはよ、ティナ」

私はこれからもずっとハルト様と一緒にいます。何があっても絶対に離れません。

そんな強い想いや、これからの未来への希望を胸に抱いて。

「おはようございます、ハルト様」

ハルト様におはようのキスをしました。

02

賢者の孫

グレンデールという王国に、五百年ほど続く魔法学園が存在した。代々イフルス家の長が学園長を務めるイフルス魔法学園だ。イフルス家は賢者を輩出し続けてきた一族で、当代の学園長も賢者である。一族の中では最も若いうちに賢者へと至ったルアーノ＝ヴェル＝イフルス。

そんな彼に今日、待望の孫が誕生した。

「ほら、ルーク。貴方のおじいちゃんですよ」

母親の腕に抱かれた赤子が、まだ半分も開かない目でルアーノの顔を見る。

「お、おおぉ。こいつ、俺を見てる。俺を見ているぞ」

「『こいつ』じゃなく、ルークって呼んであげて。お父さん」

娘のマリーに指摘され、ルアーノはバツの悪そうな顔をした。

「す、すまん。ルーク……。ルークだな」

「はい、そうです。ルアーノ先生」

「お義父さん、だ」

「えっ」

整った顔をした茶髪の青年が戸惑いの声を上げる。彼の名はアッシュ。マリーの夫で、ルークの父親。そしてルアーノが教鞭をとった中で、最も優秀な生徒だった。そんなアッシュだが、マリーと結婚したことをきっかけに、ルアーノとの間には確執が生じていた。魔法の道を突き詰めればいつかは賢者になりうる素質を持ったマリーが、アッシュと出会ったことで魔法の鍛錬をサボるようになったからだ。

ルアーノは魔法学園の長を継ぐ者を育てなければいけないという使命感に駆られていた。学長が賢者である必要はないのだが、何世代も前から魔法学園の学長は賢者となったイフルス家の者が務めていた。ルアーノの子どもはマリーだけ。彼女を賢者に至らせるため、ルアーノはその育成に心血を注いできた。焦るあまり、彼はやりすぎたのだ。マリーを締め付けすぎた。

ルアーノは非常に優秀な教育者であったが、良い父親にはなれなかった。

「俺はマリーを賢者にすることが己の役割だと思い込んでいた。お前に魔法学園を継がせることが、俺の果たさねばならぬ使命だと」

彼は今、孫の顔を見ながら過去のことを激しく悔いていた。それと同時に、こうして孫の誕生に立ち会わせてくれた娘夫婦に心から感謝していた。

「ふたりとも、今まで本当にすまなかった。あれだけの仕打ちをしてきた俺を、今日呼んでくれたことに心から礼を言いたい」

マリーとアッシュの結婚式にもルアーノは参列しなかった。更に『才能を持ちながらも賢者を目指さぬ者たちが、俺を父と呼ぶことは許さない』と言い、マリーとアッシュがイフルス家の敷地に足を踏み入れることを禁じた。それからおよそ五年が経っている。マリーに絶縁を言い渡した日からルアーノの妻であるイトや、彼の知人たちが彼の非を説いた。ルアーノ自身も一年後には自らの過ちに気付いたが、どうしても娘たちに頭を下げることができなかった。

「俺が間違っていた。現時点をもって、マリーとアッシュがイフルス家の敷地へ入れないようにしていた魔法を解除する。今まで苦労をかけたな」

「苦労、ですか？」

「でもお父さん。金貨の入った袋を毎月うちに置いていってくれたじゃない」

思い当たることがあったルアーノの目が見開いた。彼はそれを誤魔化そうとする。

「は、はて……。なんのことだろうか？」

「毎週のようにお母さんを送り込んできたし。お母さんには『こっそり来ちゃった』って言うように指示まで出して」

「まさかイトの奴、お前たちにバラしたのか!?」

「うん。お父さんに勘当された次の日に」

「それに先生、僕たちの結婚式にも来てくれましたよね」

「なっ！　き、気づいていただと!?　俺の隠匿魔法は完璧だったはず!!」

危険度Sランクの魔物を前にしても怯まない賢者ルアーノ。そんな彼があまりに激しく動揺している様子がおかしくて、マリーとアッシュが顔を見合わせて笑う。

「お父さんの魔法は凄かったよ。お父さんと知り合いの賢者様が式に参列してくれたんだけど、その彼もお父さんに気づかなかったもん」

「それでも僕たちには分かっちゃいました」

「だって私たち」

「あの賢者ルアーノが、本気で魔法を教えてくれた生徒ですから」

マリーとアッシュは魔法が嫌いなわけではない。ルアーノの授業も好きだった。しかしマリーを優れた教育者になるようルアーノが縛り付けたことに関して、ふたりは反発したのだ。

マリーは他人に魔法を教えることより、自ら前線に出て魔法で戦う道を選びたかった。かつて魔物から自分を守ってくれた父の背中に強い憧れを抱いたから。教育者ではなく、ヒトを守れる魔法使いになりたかった。そんな彼女はアッシュと共に夢を叶えた。グレンデール王直属の魔法使いが所属する『王国魔導士隊』に入隊することができたのだ。

「そうか……。お前たち、そこまでの力を」

「本当はもっと早くお父さんと仲直りしたかったんだけどね」

「私が『お父さんが過ちを認めて頭を下げるまで放っておきなさい』と言いました」

「イ、イト……」

ルアーノの妻、イト＝ヴェル＝イフルスがやって来た。ルアーノを支えて、彼と共に魔法学園を運営する彼女。孫の誕生が間近だと聞いて瞬時に学園を飛び出した賢者の代わりに、イトが様々な雑事に方を付けてからマリーがいる病院へ向かったのだ。

「学園の結界魔法を再構築している最中に飛び出すなんて……。何を考えているのです」

「うっ。す、すまんかった」

「ほかにも教師会議の中止連絡など、全部私がやってからここに来たのですからね。そこのところ、ちゃんと分かっていますか？」

「それも申し訳なく思っている……。だ、だがお前はルークが生まれる前から、ずっとマリーのところに通っていただろ。毎回マリーの様子を、嬉しそうに報告してきたじゃないか」

「貴方がつまらない理由でマリーとアッシュ君を勘当したりするからですよ。そのくせ毎週私に様子を見に行かせたりして……。さっさと頭を下げればいいものを」

賢者の知識をもってしても、この場を言い逃れる術は見つからなかったようだ。

「改めて謝罪させてほしい。本当に、すまなかった」

「私はもう怒ったりしてないよ」

「俺もです。ルアーノ先生」

「……アッシュよ。先ほども言ったが、お義父さんと呼んでほしい。今日以降、儂のことを先生と呼ぶのを禁ずる」

「何が『禁ずる』ですか！」

「ごふっ!?」

イトの手刀がルアーノの頭頂部に落とされた。

「この期に及んでまだアッシュ君に指示ができる立場にあると思いあがっているのなら、その賢者の頭脳はただの飾りです！　孫が生まれたのですよ、孫が!!　たとえマリーたちに媚びへつらってでも、今後も孫に会わせてもらえるようにしなければならないのです！」

「こ、媚びへつらって……」

「お義母さん。俺たちはそんなこと望んでいませんよ」

「いーえ。甘やかしてはいけません。祖父母なんかより、父母の方がルークにとってよほど大切なのです。マリーとアッシュ君の意志が最優先されるべきです」

イトはイフルス家に嫁いできた女性だった。ルアーノと結婚してマリーを生むまでは特に問題なかったのだが、育児に関してルアーノの父母から事細かに指示が出された。イトの思いなど、ほとんど無視された。祖父母が育児に口を挟むことの煩わしさをイトは知っていた。またマリーの意思を無視した教育を行った結果、彼女が家を飛び出してしまうことにもなった。娘夫婦に自分と同じような思いをしてほしくない。これまでは夫を立て、常に一歩引いたところからルアーノを支えてきたイトが、絶対に譲らないという強い意思を持って宣言する。

「ふたりがやりたいようにルークを育てなさい。求められれば、私たちはいくらでも支援します。ですがルークをどう育てるのかは、マリーとアッシュ君。貴方たちふたり次第です」

「も、もし魔法を教えるなら儂《わし》が」

「それも、決めるのはマリーたちです！」

こんなに強気なイトを見たことがなかったルアーノは思わず委縮する。

「この人は優秀な教育者ですが、良い父親ではありませんでした。もしかしたらルークにも、マリーと同じようなことをしてしまうかもしれない」

「大丈夫です、お義母さん」

「私たち、ルークに魔法を教えるのはお父さんにお願いしようって決めていたの」

「いいのか？　儂《わし》に、ルークを任せてくれるのか？」

「うん。だけどルークが将来どんな職業になるかは彼に決めさせて。教育者になるよう洗脳みたいなことをしたら、絶対に許さないから」

「そんなことをほんの少しでも考えようものなら、私が全力で止めさせます」

「わ、分かった。ルークの才能を伸ばすことだけに注力しよう」

「よろしくお願いします。そもそも私が教育者になりたくないって反発したのは、お父さんが魔物と戦う姿を見て、それに憧れたからだよ。だからこの子に、お父さんが凄い先生なんだよーって見せてあげれば、自然と教育者の道を選択しちゃうかもね」

ずっと言えなかったことを言って、マリーは満足した。一方ルアーノは、娘が魔法で戦う職業を選択した理由を初めて知った。

「そうだったのか、マリー」

「私が世界で一番尊敬している魔法使いは……。お、お父さんだから」

「僕もそうです。だからルークの魔法教育は、お義父さんにお願いしたいです」

ルアーノが少し驚き、すぐに歓喜の色を顔に浮かべた。アッシュはかなり前からイトのことを『お義母さん』と呼んでいたが、ルアーノには禁止されていたので『お義父さん』と呼ぶのはこれが初めてだった。

「分かった。儂《わし》に任せておけ。将来どんな職を目指すかは分からんが、必ずやルークを偉大な魔法使いにしてやる」

「今さらだけど、お父さん……『儂《わし》』って」

ずっと自分のことを『俺』と言っていたルアーノが、急に一人称を変えたので違和感がある。

「なんだかおじいちゃんっぽくなりましたね」

「良いんじゃない？　最近増えてきた白髪と相まって、よく似合っているわ」

褒められているのか貶されているのか微妙な感じだが、娘や一番弟子と仲直りできたことが嬉しくてルアーノはニコニコしている。かつて娘夫婦に絶縁を言い渡した頭の固い賢者は、もうどこにもいない。生まれたばかりの孫に骨抜きにされたルアーノが、優しい表情で家族を見ていた。

――＊＊＊――

「ほれ。行くぞ、ルーク」

「うん。いいよ！」

ルアーノが木でできた的を空に放り投げる。今年六歳になる少年ルークは、空中の的に向かい右手を掲げた。彼の手に電気が纏われる。

「サンダーランス‼」

細長い雷の槍が放たれ、それは見事に的の中心を貫いた。

「ふむ。発動速度も精度も完璧だ。やるではないか」

「えへへー。じいちゃん、ありがと」

魔法の才能に秀でていたマリーとアッシュ。ふたりの息子であるルークは順当に魔法の適性を得た。魔力量も同年代の子の数倍はある。ルークが四歳になった頃からルアーノが魔法の英才教育をはじめると、彼はあっという間に魔法を習得していった。中でも賢者ルアーノを驚かせたのは、ルークが雷属性魔法を使えるようになったこと。雷属性魔法とは本来、異世界から転移や転生でこちらの世界にやって来た勇者や賢者が使う強力な魔法だ。この世界の住人であれば、少なくとも十年は魔法の鍛錬を怠らず、かつ優れた魔法の才覚を持ち合わせていた者だけが使えるようになる魔法。それをルークは、僅か二年で使えるようになった。

「それではルーク。雷属性魔法について、少しおさらいをしよう」

「はーい」

「雷属性魔法は、複数の属性を同時に使わなければならない『合成魔法』だが、そのふたつの属性を答えられるかな？」

「分かるよ！　『風』と『土』だよね!!」

「正解だ。世間一般では、そう認識されている」

原理が分かっていても、まず合成魔法を使えるヒトが少ない。それに加えて雷属性魔法を使える者が非常に限定されてしまう理由があった。

「実はほんの少し『水』もいるんだよねー」

「うむ。よく覚えておるな」

雷属性魔法は三つの属性を合成しなければいけない魔法だったのだ。

「風属性と水属性の魔力を合成して氷属性にする。その魔力で作った小さな氷を互いに擦り付けて雷を発生させる」

「あとは土属性の魔力で雷の進む道を設定してあげるんでしょ！」

自慢げな顔をしている孫が可愛くてたまらず、ルアーノがルークの頭を撫でた。大好きな祖父に褒められ、ルークが眩しいほどの笑顔になる。マリーとアッシュがルアーノのことを偉大な魔法使いであると言い聞かせて育ててきたため、ルークは祖父に褒められることが何より大好きな少年になっていた。逆にルアーノも孫が喜んでくれるのであれば、彼が望むのであれば、どんな魔法でも使えるようにしてやるという気概があった。手本として自らが放った魔法を見て、ルークが目を輝かせてくれることが嬉しかった。

「サンダーランスは雷属性魔法の初歩中の初歩だ。しかしそれすら使える者は少ない。だが儂は、ルークにこの程度で満足してほしくないと思っておる」

強制はしたくないし、絶対にするなとイトやマリーからキツく言われている。ルークの希望や意思を最優先する。それでも賢者は、わずか六歳で雷属性魔法を放った才覚の持ち主を更なる高みに連れていきたいと考えてしまう。その思いにルークが応えた。

「じいちゃん、ぼくは満足なんかしてないよ。もっとじいちゃんの凄い魔法を見たい！　もっともっと色んな魔法を使えるようになりたい!!　それでいつかぼくも、じいちゃんみたいな凄い賢者になりたいんだ」

感動のあまり泣きそうになるルアーノ。孫が憧れてくれていることが嬉しくてたまらなかった。自分を尊敬するようにルークを育ててくれた娘夫婦が誇らしく感じる。このことは絶対に賢者仲間に自慢してやろうと思った。

「ルークよ、ありがとう。とても良い子なお前に、特別なものを見せてやろう」

ルアーノが真剣な表情になる。今から孫に披露する魔法は、ふざけて使えるような代物ではない。使い道を誤れば、ひとつの都市を容易に破壊する威力がある。

「儂が絶対に守るから、その場から逃げずに見ておくのだ」

「は、はい。分かりました！」

普段は優しい表情を崩さないルアーノから笑みが消えた。本当に危険な魔法なのだと察したルークは、息をのんで賢者の行動を見守る。

「望むは破壊、種は雷。贄とすべきは我が力」

ルアーノから膨大な魔力が放出された。それまで晴れていた空に暗雲が広がっていく。

「与えられし彼の盟約によりて、我の下僕となり得た者よ。其の力、今解き放たん」

空気が帯電する。ルークは肌の痺れを感じていた。とてつもない規模の攻撃型魔法がこれから行使されることを知り、呼吸すら忘れそうになる。ルアーノが手を掲げた。彼は遠方に見える巨大な岩を攻撃目標に設定したようだ。

「アルティマサンダー!!」

上空から巨大な雷が幾本も降り注ぐ。本来は広域殲滅用の魔法。それを賢者ルアーノは、極端に範囲を絞って放った。ルアーノとルークがいるのはイフルス魔法学園が管理する大型魔法練習用の草原で、所々に攻撃目標とするための岩や木製の的が設置されていた。その中の一番大きな岩がルアーノの究極魔法によって跡形もなく粉砕された。

「す、すごい……。じいちゃん、すごすぎるよ！」

「雷属性の究極魔法、アルティマサンダーだ。これが使いこなせるようになれば、ひとりで一国の軍隊とも戦えるようになる」

「国の軍隊と？　なんかすごすぎて、よく分かんないや」

実際には究極魔法が一切防御されずに敵軍を壊滅させられるということは少ない。大国同士の大規模戦争が勃発した場合、双方の軍に賢者を含んだ魔法部隊が配属されるからだ。ただ、強大な力を持つというのはそれだけで畏怖の対象となる。

「儂はその気になれば、どこかの国を壊してしまえる力がある。そんな儂が、怖くないか？」

「怖くないよ。だってぼくのじいちゃんは、絶対にそんなことしないもん」

なんの含みも持たない、子どもならではの純粋な回答。孫が心から自分のことを信じてくれていると気づき、ルアーノは目頭が熱くなるのを感じた。

「うむ、その通りだ。良いか？　どんな魔法も悪ではない。それをどう使うか。どんな目的で使うかが大切なのだ。儂が教える魔法は、ルークが大切なヒトを守るために使ってほしい」

「うん！　分かりました!!」


――＊＊＊――

四年後、ルークがイフルス魔法学園に入学する年になった。

「いよいよルークが儂の学園に……。楽しみだのう」

学長室にひとりでいるルアーノが、入学試験の結果を眺めながら呟いた。孫が無事に入学できることが決定したのだ。学園長の孫とはいえ、入学試験を免除することはできない。しかし何の問題もなく、ルークは優秀な成績で試験を突破した。

「あとはドゥナス君がルークを正しい道に導いてくれるよう願うばかりだな」

本当は自身がルークの担任になりたいルアーノだが、学園長である彼はクラスを受け持つことができない。学園の長としてやらなければならないことが多すぎる。その代わりルークの担任にするため、とても優秀な人材を学園に呼んでいた。かつてルアーノの教えを受けた生徒で、アッシュのクラスメイトだったドゥナス。彼は魔法を使った戦闘訓練でアッシュに一度も勝ったことがなく、座学ではマリーに惨敗。しかしそのふたりがいなければ、当時のルアーノの教え子で最も優秀だったのはドゥナスだ。教育者の道に進んだ彼はイフルス魔法学園とは別の学校に就職したが、ルアーノが孫の教師になってくれるよう声をかけたのだ。ちなみにアッシュとマリーには、ドゥナスをルークの担任にすることを告げている。ふたりとも『優秀なドゥナスであれば安心して任せられる』と言っていた。ルークはドゥナスにとって、かつて勝てなかったライバルたちの子どもということになるのだが……。三人はドゥナスがルークに嫌がらせをするようなことはないと思い込んでいた。

ルアーノが改めて孫の試験結果を確認する。

「ルークの成績は……ほう。学科は三位、実技は二位か」

素晴らしい成績だが、どちらも孫が一位でなかったことに少し落胆する。ルークが日々頑張っていたことと、彼の非凡な才能を知っていたからだ。同時にルーク以上の成績を収めた者たちに興味が湧く。

「学科一位は、ルナ＝ディレッド？　孤児院出身の者か。凄いな。きっと限られた環境下でも努力を続けてきたのだろう」

溺愛する孫が負けたからといって、ルアーノが不貞腐れることはない。この世界に優秀な魔法使いが増えるというのは彼にとって、ルークの成長と同じくらい喜ばしいことだった。

「ルナと同率一位がハルト＝ヴィ＝シルバレイ。なるほど、アンナの子か。ということはシャルルの弟にあたるのだな」

昨年イフルス魔法学園を卒業したハルトの姉シャルルは、五年生の時から実技も座学も学園で一番の成績だった。三年間、誰も彼女に勝てなかったのだ。そんなシャルルの弟が入学してくるということに期待が膨らむ。

「このふたりは古代ルーン文字の読解問題までも正解しておる。それがルークとの差か……。しまったな。まだ早いなどと思わず、覚えさせてしまうべきだった」

試験問題を解いた者に、ほんの少し良いことが起きるよう言霊を乗せた問題があった。それはイフルス魔法学園の創立時からあった試験問題。時代に合わせてほとんどの問題は改訂されているが、この古代ルーン文字の読解問題だけは変わらず引き継がれてきた。

「さて、究極魔法が使えるルークより優れた実技の結果を残したのは誰かな？　……ふむ。やはり、こっちも一位はハルトか」

あのアンナの息子だという時点で、そんな気がしていたルアーノ。彼はハルトの母と古くからの知り合いだった。

「ハルトが今年入学になったのは本当に偶然か？　……いや、さすがに考えすぎだろうな」

ルアーノにはとある計画があった。それをアンナに気付かれていたのではないかと錯覚するが、計画に合わせて子を儲けるなど不可能に近いと判断した。実際にこれは単なる偶然だった。

しかしその偶然のおかげで、賢者の孫は普通に学園生活を送るより何倍も強くなれることとなったのだ。

――＊＊＊――

ルークが魔法学園に入学した日の夜。学園長室でひとり雑務を処理していた儂のもとに来客があった。招かざる客だ。

「そこにいる者、出てこい」

気配が上手く隠されている。常に警戒用の魔力を身体の周囲に放出している儂でなければ、それに気付くことはできなかっただろう。

「賢者ルアーノ、さすがですね」

黒髪の女が部屋の影から姿を現した。儂はこの者を知っている。

「……ティナ＝ハリベル」

世界を救った英雄だ。今はどういうわけか、ハルトの専属メイドをやっているらしい。そういった情報は事前に聞いていた。

「こんばんは。突然の訪問、申し訳ありません」

「構わんよ。魔力登録をした時以来だな」

イフルス魔法学園は敷地内に入れる者を制限している。学園の周囲を覆うようにして守っている結界に魔力を登録するか、儂が特殊な魔法をかけた魔具を持たねば敷地に入ることができないのだ。学生は入学試験時に魔力のサンプルを採取するから、試験に合格すればその時点で学園の敷地内に入れるようになる。

ティナは学生ではない。多額の寄付を納めた貴族は学園の敷地に屋敷を建てることも可能で、ハルトはそうして建てた屋敷で生活することになる。ティナは彼の身の回りの世話をするため、この学園にやってきた。彼女もここで生活するので、三日前に魔力を登録しに来たのだ。

「今日は何の要件かね？　ないとは思うが、何か脅迫の類か？」

英雄であり、自身と同じ三次職のティナ。そんな彼女とは戦いたくないと思いながらも、警戒は怠らない。

「学園長先生を脅迫しようなど、少しも考えていません。私は交渉をしに来たのです」

「交渉？　ではなぜ、気配を完璧に隠していた」

「どうしてもハルト様に気付かれたくなかったのです。サプライズにしたくて」

彼女に戦闘の意思はないようだ。笑顔でいるティナは、これから悪戯をしようとしている子どものように見えた。

「英雄ティナ＝ハリベルが儂に、何を交渉したいというのかな？」

「魔力登録の時、私に『この学園の教師にならないか？』とお誘いいただきましたよね。私が提示する条件を呑んでいただけるのであれば、教師の件をお受けしても良いと思いまして」

数少ない三次職。そして魔王を倒した英雄のひとりが目の前に現れたとき、儂はすぐに彼女を教師になってくれるようスカウトした。誰だってそうするはずだ。魔法剣士という戦闘職の彼女は、物理系でも魔法系でも一騎当千の戦力になる。王国騎士団や王国魔導士隊も彼女の存在を知れば、好待遇で迎え入れようとするに違いない。儂がティナを教師に誘った時は『ハルト様のお世話が最優先ですので、お受けできません』とあっさり断られてしまった。

「なるほど。まずは条件とやらをお聞きしたい」

「はい。条件はふたつ。ひとつはハルト様とルナ＝ディレットさん、それからルーク＝ヴェル＝イフルス君を同じクラスにしてください」

かなり面倒なことを要求された。今年は儂の計画が始動しており、それぞれのクラス編成に意味を持たせていたのだ。それを再度弄るのは非常に困難だった。そして何より、今日の夕刻『俺とハルト、それからルナちゃんを同じクラスにして』と言ってきた孫の頼みを断ったばかりなのだ。

「もうひとつの条件です。私をハルト様のクラスの担任にしてください」

ハルトの担任ということは、ルークの担任にもなるということ。これもかなり困難だった。ルークの教師はドゥナスと決めていた。儂の孫を任せたいからと、わざわざ彼を呼びつけたのだ。もちろんティナがルークの教師になってくれるのであれば、それが一番良いに決まっている。強さが良い教師の証明にはならないが、英雄が担任になるということはルークにとってかけがえのない経験になるはず。

「もしこれらの条件を呑んでいただけるなら、私が教師になることに加えて、こちらの書物を学園に寄付します」

「こ、これは!?」

百年前、異世界から来た勇者と共に魔王を倒す旅をしていたティナ。その道中、勇者が開発した魔法をティナが書き記したとされる魔導書が儂の目の前に置かれていた。間違いなく国宝クラスの本だ。魔法の探求をする身としては、私財を全て投げうってでも手に入れたい一品。

「分かった！　ハルトとルナ、ルークを同じクラスにしよう。そしてその担任はティナ、君に任せたい」

「ありがとうございます。それでは、こちらをどうぞ」

「ふひっ……あっ！　い、いや。すまない」

嬉しすぎて思わず変な声が出た。べ、別に儂は買収されたわけではないぞ!?　孫のためになると思ったからティナの条件を受け入れたのだ。魔導書を受け取ったのだって、この学園と魔法の発展のためだ。他意はない。早く研究室に籠って、一日中この魔導書を読みふけりたい。

クラスの再編成はイト《妻》に任せてしまおう。あぁ、そうだ。ついでに儂の計画も早めてしまえばいいじゃないか。

「ティナよ。儂からも要望を言っていいか？」

「はい。できる限り対応いたします」

自らの条件が認められたことで、ティナも気が緩んでいるようだ。今なら多少の無茶を言っても対応してくれるかもしれない。

「儂はもう、だいぶ歳をとった。そろそろ次世代の戦力を鍛えたいと考えている」

シャルルのような特出した強者が数年に一度この学園から生まれるが、それだけでは心もとない。この世界に魔王が君臨した時、ほとんどの場合は異世界から来た勇者に頼らねばならないのだ。ヒトの救いを求める声が創造神様に届けば、勇者が遣わされる。しかしその勇者がどれだけ早く魔王を倒してくれるかは不明瞭だった。勇者が魔王を倒すのが遅れれば、それだけ魔物の犠牲になるヒトが増える。滅びてしまう国もあるだろう。

魔王が勇者に倒されるまで耐えられる力を。もしくは勇者を支え、魔王討伐をサポートできる力を持った者を育てなければならないのだ。

「次世代の戦力となってもらうべく、儂は今年の新入生に各種族から有望な者たちを集めた」

長寿のエルフ族と竜人族は、この学園に入る際の年齢制限がない。アルヘイム国王や竜人の族長に連絡を取り、才能ある若者が今年入学してくれるよう調整した。昔知り合った星霊王様から数年前、娘たちを学園に通わせたいと連絡があったことも僥倖だった。その精霊姉妹は少し待たせてしまったが、寿命がない精霊族にはたかが数年など気にならなかったようだ。獣人族の姫と魔族の少女が入学を希望してきたのは偶然だった。しかし運命の歯車は完璧に噛み合っていたのだ。

「もとはルークと同学年に優秀な竜人族とエルフ族、精霊族の者を集める予定だった。そして五年生になったら特別クラスを編成し、儂が直接次世代の英雄を育成しようとしていたのだ。しかし偶然、才能ある獣人族や魔族の娘も今年入学してきた」

才能を持つ者たちは互いに引き寄せ合う力でもあるのだろうか？　獣人族の娘たちだけではなく、ルークを超える能力を持ったハルトやルナがいることも儂の仮説を肯定する。

「だがこの学園の教師では――いや、この世界のどこを探しても、今年集まった才能ある若者たちをまとめて相手できる教師などいないと考えていた」

だからクラスを分散させた。五年生になり、儂が二年間だけ再び教鞭をとるまではバラバラのクラスで力を伸ばしてもらうつもりだった。だが魔法の能力とは、良きライバルと競い合った時にこそ伸びていくものだ。もし英雄となる素質を持った若者たちをまとめて相手にできる者がいたとしたら、その者に全て任せてしまった方が良いに決まっている。

未来の英雄を鍛えられそうな伝説の英雄が、儂の言葉に臆することなくこちらを見ていた。

「ティナ先生に、この世界の未来を託したい」

「分かりました。お任せください」

気負うことを知らないのだろうか？　彼女の言葉には確かに、強い自信を感じた。ティナ＝

ハリベルならばやり遂げてくれる。そう信じることができた。

こうして儂の『次世代英雄育成計画』は、五年前倒しで本格始動することになったのだ。


――＊＊＊――


「お孫さんの担任は、私ではないと」

「すまん、ドゥナス。君には七年生のクラスを担当してもらいたい」

賢者の孫の教師になれると聞いて、意気揚々と魔法学園にやって来たドゥナス。しかし彼はルークの担任になれなかった。

「理由をお聞きしてもよろしいですか？　ルアーノ先生のお孫さんを任せていただけるということで、私は前職を辞してここに来たのですから」

「本当に申し訳なく思っている。ルークを君に任せられない理由だが、それがティナ＝ハリベルの要求だからだ」

「ティナ？　も、もしや英雄、ティナ＝ハリベルのことですか!?」

「左様。そのティナが気に掛ける子が儂の孫と仲良くなったようでな。ふたりを同じクラスにするのであれば、この学園の教師になっても良いと言ってきたのだ」

「……なるほど。私とティナを天秤にかければ、あちらに傾くのは仕方ありませんね」

「言葉を選ばなければ、そう言うことになる。君が望むのであれば、元の学校に戻れるよう私が手配しよう」

頭を下げるルアーノを見ながら、ドゥナスが少し考える。

「私はルアーノ先生のお孫さんを担当しないわけですが、給与などの待遇面はご提案頂いたものと変わりませんか？」

「もしこの学園で働いてくれるのなら、手紙で伝えた通りの条件で君を雇用しよう」

「分かりました。では先生のご希望通り、私は七年生の教師を務めさせていただきます」

「おぉ！　引き受けてくれるのか。ありがとう」


学長室を出て、用意された教員宿舎にやって来たドゥナス。彼が元いた学園で与えられた部屋の何倍も立派な部屋に感心しながらも、つい黒い感情が口から漏れ出す。

「チッ。アッシュの子を好き放題虐められるチャンスだと思っていたのに……」

彼は学生時代、全てをアッシュに奪われたことを今でも強く恨んでいた。幼いころから優れた魔法の才能を持ち、周囲から神童と呼ばれて育ったドゥナス。そんな彼の自尊心を粉々に打ち砕いたのがアッシュだった。座学と、ある特定の魔法以外、何をしても彼に勝てなかった。ドゥナスが秘かに想いを寄せていたマリーもアッシュに奪われた。

「まぁいい。ここで六年も過ごした生徒たちを好きに使える機会を得たんだ」

この学園で途中退学させられずに七年生になれる者には、それなりの実力があることをドゥナスは知っていた。彼もこのイフルス魔法学園の卒業生なのだから当然のこと。

「俺の恨みは、そいつらに晴らしてもらおう」

賢者の孫とはいえ最初から強いわけがない。加えてこの学園には『クラス対戦』というシステムがある。それを利用してやろうと考えていた。


――＊＊＊――


「ドゥナスの奴、いったい何を考えておるのだ」

ティナのクラスにドゥナスが対戦を申し込んだという情報を聞き、ルアーノが学長室でひとり頭を抱えていた。ティナが教師になったことに加え、学園全体で見てもハルトやルークたち生徒のレベルが高いことから、彼らは学園の中央街に近い上位の教室で学ぶことになった。この学園では中央街に近い教室ほど良い設備が備え付けられており、利用が許可される図書館や訓練所なども質が高くなる。

上位の教室を使うクラスは下位の教室を使うクラスから対戦の申し込みがあった時、基本的にそれを拒否することはできない。つまりドゥナスの対戦申し込みをティナは受けるしかなかったのだ。

「まさかあいつ、アッシュに勝てなかったことを恨んだりしていたのか？」

ルアーノの目には、ドゥナスとアッシュが良きライバルであったかのように見えていた。しかし七年生が入学したての一年生のクラスに対戦を申し込むなど、滅多にあることではない。

だからドゥナスに何らかの黒い思惑があるのではないかと勘繰ってしまう。

学園長権限を行使してクラス対戦を辞めさせるべきかとルアーノが悩んでいると、学長室のドアがノックされた。

「やっほー。じいちゃん、何か俺に用事？」

「おぉ。よく来たな、ルーク」

ドアを開けて顔をひょこっと覗かせた孫を、ルアーノが手招きして近くに呼ぶ。

「七年生のクラスと戦うことになったというのは、もう聞いたか？」

「うん。今日ティナ先生から聞いたよ。対戦は三日後。俺も出場選手に選ばれた。じいちゃん、もし時間があれば応援しに来てね」

最上級生と戦うというのに、全く臆する様子のないルーク。あまりにも彼が平然としているので、ルアーノは唖然としてしまった。

「その、上級生と戦う不安とかはないのか？」

「大丈夫。俺のクラスメイトは、みんな強いから」

過信ではなさそうだった。孫が自らと仲間の力をしっかりと把握し、その上でこの学園の最上級生に勝てると確信を持っている。ルアーノはそう感じた。

「みんな凄いんだ。中でもハルト。あれはバケモノだと思う。あいつが仲間にいて、対戦方式が勝ち抜き戦だから俺たちは絶対に負けないよ」

顔を合わせて間もないため、連携が必要になる集団戦闘だと厳しくなる可能性もあったとルークは言う。しかし幸いにも今回は個人戦だった。

「そうか。では儂の心配は杞憂だったようだな」

「心配だったから俺を呼んだの？」

「うむ。なんせ相手は最上級生で、教師がドゥナスで――って、あっ！」

　何かを思い出した様子のルアーノ。

「まずいな……。よりにもよってあのドゥナスか」

「ドゥナスさんって、俺の父さんと同級生だった人でしょ。父さんと母さんが彼について話しているのを聞いたことがある。その人、この学園の教師なんだ」

「元はこの学園の教師ではなかった。少し事情があって、儂が呼び寄せたのだ。そして問題なのは、彼が非常に優秀な補助魔法の使い手だということ」

　ルークは賢者の孫だ。幼い時からルアーノと共に長い時間を過ごしてきたので頭の回転が早い。祖父が何を言いたいのか、瞬時に理解した。

「も、もしかして対戦の時、相手の先生が生徒を強化するかもしれないの!?」

「その可能性があるな。もちろん教師が対戦で補助魔法を使えば即反則負けだ。しかし最上級生と入学したてのお前たちを戦わせようとする男が、そんなことを気にするとは思えん。なんらかの方法で審判の目を欺くつもりなのだろう」

　少し悩む素振りを見せたルークだが、再びルアーノを見た彼の顔に不安の色はなかった。

「相手の先生が補助魔法使うなら、俺たちも使って良いってことだよね。もちろん使うのはティナ先生じゃなくて、俺のクラスメイトね」

「それは問題ないが……。ドゥナスを侮ってはいかんぞ。補助魔法に関して言えば、彼はアッシュを超える魔導士だ」

「魔導士ってことは、本職じゃないんでしょ？　俺のクラスメイトには本職の付術士がいる」

「知っておる。ルナという少女のことだろう。だが本職の付術士だからこそ、ドゥナスには勝てんのだ」

どれだけレベルを上げようと、中級攻撃魔法までしか使うことのできない付術士という職業。そもそも攻撃系の魔法に補正が付かないので、個人で魔物を討伐するのが非常に困難な戦闘職だ。そして補助魔法特化の職業ではあるが、レベル３０以下の付術士は、対象のステータスをほんのわずかに上昇させる魔法しか使えない。

ルアーノはルナがレベル３０を超えるステータスの持ち主だとは思っていなかった。ルナはこの学園に特待生として入学しているが、それは彼女の知識や多言語理解能力が秀でていたからだと学園長は認識していた。

「ルナちゃんは対象のステータスを数倍に引き上げられる高レベルの付術士だけど……。それよりもドゥナスって先生の方が凄いんだ」

「す、数倍だと？　もしそうであれば、ドゥナスよりルナの方が優れた補助魔法の使い手ということになる。しかしそれは本当か？」

「マジだよ。ルナちゃんの補助魔法を受けたメルディが訓練用の的を完全消滅させたのを見て、俺はだいぶひいた」

ルークは最初の魔法披露の授業で起きたことをルアーノに伝えた。将来有望な生徒を集めたつもりでいた賢者も、彼が想定していた以上の逸材が揃っていたことを知り驚愕する。

「なんというか、お前のクラスはだいぶヤバいな」

「うん。俺もそう思う。俺って、じいちゃんを除けば最強で、この学園のナンバー1くらいにはすぐになれるって思いあがってた。だけど全然だったね。上には上がいる」

そう言うルークの目は輝いていた。

「でも自分より上位の存在がすぐ近くにいるってことは、色々と吸収できることも多いはず。俺はまだまだ強くなれるってことでしょ。だからじいちゃん、俺は頑張るよ」

賢者の孫であるという自尊心を打ち砕かれても、ルークはまっすぐ先を見ていた。孫が強い心を持っていることを再確認し、誇らしくなったルアーノ。

「あぁ。頑張れ、ルーク」

学園長権限で対戦を中止させることも考えていた。しかし孫とその仲間たちが今、この学園内でどれくらいの序列なのか興味が湧いてしまったルアーノは、七年生と一年生クラスの対戦を見守ることにしたのだ。


――＊＊＊――

七年生クラスと対戦した翌日。

「昨日の対戦、俺ら出番なかったな」

「うん。むしろ選手じゃないルナちゃんの方が活躍してたよね」

「で、でも私は、リューシンさんに補助魔法をかけただけですよ」

ハルトとルーク、ルナが中央街を歩きながら会話していた。ドゥナス率いる七年生クラスに圧勝したティナのクラス。五対五の勝ち抜き戦だったが、一人目のリファが相手五人をまとめて倒してしまったのだ。

ドゥナスは急遽、選手登録されていないエドガーを投入し、対戦を継続させようとした。ティナがそれを認めたため、選手をリューシンに変えて対戦が再開されたわけだが……。ルアーノが危惧していた通り、ドゥナスは審判にバレないようエドガーに補助魔法をかけていた。ハルトやティナがそれに気づき、対応することにした。十分強いリューシンを、ルナの補助魔法で強化させてしまうことにしたのだ。最初にやり始めたのは敵の方で、しかも教師が不正を働いている。ティナが全力でやっても良いと、リューシンとルナに指示を出した。

「ルナの全力の補助魔法ってヤバいよな」

「やっぱりハルトもそう思う？　一時的とはいえ、ステータスを倍以上に引き上げられるルナちゃんは凄すぎる」

「それが私の唯一の能力です。私は皆さんみたいに凄い魔法で戦うってことができません」

「またまたご謙遜を。ルナちゃん、古代ルーン文字も読めるんでしょ？　言語読解能力も凄いじゃん」

「ちなみに俺も古代ルーン文字を読めるぞ」

「えっ」

非常に難解で、一般人にはただの記号の羅列にしか見えない文字をハルトも読めるということを知り、ルークが驚いて動きを止める。

「ルナは色んな言語を理解できるのも凄いけど、魔法に関して博学なのも才能でしょ。俺は幼い時からティナに魔法のことをたくさん教えてもらっていた。そんな俺よりルナの方が多くのことを知ってる」

「確かに。授業中ティナ先生が出す問題で、ルナちゃんが答えられないのってまだないよね」

「いろんな文字が読めて、頭も良くて補助魔法も強い。やっぱりルナは凄いよ」

「あ、ありがとうございます」

友人ふたりに褒められ、嬉しくなったルナが照れて頬を赤らめる。

「凄いって言えばハルトの初級魔法もヤバいな。あれは大量の魔力を一発に込めてるんだろ？　そんなことをするくらいなら中級や上級魔法を使った方が効率よくない？　消費魔力的には俺の究極魔法より多そうだったし」

「まぁ、俺にも色々と事情があるんだ」

邪神の呪いでレベルが1から上がらないハルトは、戦闘職が賢者であっても初級魔法しか使えない。この世界では神が設定したクエストをクリアすると『転職』してより強い戦闘職になることができる。転職によって使えるスキルは増えるが、魔法はレベルを上げないと上位のものを使うことはできなかった。ちなみにハルトは転生する際に賢者となったが、それより先に『スキル：なし』の状態でステータスが固定されてしまった。そのため彼は賢者ならば本来は使えたはずの〈収納〉や〈全属性魔法攻撃力強化〉といった便利で強力なスキルを持たない。

初級魔法しか使えず、三次職の賢者であってもなんのスキルも持たないハルト。しかし彼にはいくら使おうが減ることのない無限の魔力と、どんな攻撃を受けても絶対にダメージを負わない無敵の身体があった。ちなみにこの頃のハルトは自身が絶対にダメージを負わないということを認識していなかった。魔物を討伐する訓練などでは遠距離から一方的に標的を攻撃していた。魔物に接近を許さず倒してしまえるので、攻撃を受けた経験が全くなかったのだ。

「ふたりには、いつか俺の秘密を教えるかも」

ルークとルナなら、呪われていることを伝えても自分から離れていくことはないだろうとハルトは考えていた。でも念のため。もう少しだけルークたちと今の関係を維持したい。心の安定を求め、ハルトは秘密の暴露を先延ばしにしていた。

「おっ、マジか。楽しみにしてる」

「私もハルトさんがお話ししてくださるのを待ちます」

ルークとルナはそれで良いと言う。同じレベル、同じ戦闘職であっても、得られるスキルは異なることがある。レベルや戦闘職を他人に開示することはあっても、保有するスキルまで教えることは少ないのだ。この頃のルークたちは、ハルトが特殊なスキルを持っているのだと考えていた。そして親しい間柄であっても、他人のスキルは無闇に詮索してはいけないというのがこの世界の常識。おかげでハルトは『呪われているから強い』という秘密を友人に打ち明けなくても良かった。

「ふたりともありがと。あっ、話してるうちに着いたね」

中央街の商業エリアまでやって来た三人。今日はここで生活必需品を買い揃えたり、ケーキが美味しいと話題のカフェに行ったりする予定だった。

「それじゃ、買い物しようか」

「おう」

「はーい」

両手に大きな買い物袋を持ったハルトとルークが、ルナの両サイドを歩いている。ルナは手に何も持っていなかった。

「お、重くないですか？　私の荷物なのに……。すみません」

「大丈夫。このくらいはぜんぜん平気」

「そーそー。逆にルナちゃん、俺たちに遠慮しちゃってない？　せっかく荷物持ちがふたりもいるんだから、今日いっぱい買うべきだよ」

ハルトは生活に必要なものをティナが全て揃えてくれる。ルークは入学前からこの学園に出入りしていたので、ここで生活するための準備も早く完了していた。ふたりともそのことは言わず、今日はルナのために買い物に付き合うつもりでいたのだ。

「必要なものは全て揃いました。ありがとうございます」

「もういいの？」

「はい。あとは生活してみて、欲しいなって物があれば買い足すようにします」

「りょーかい。それじゃ、ケーキが美味いって噂のお店に行こう！」

「ティナ先生のおススメなんだっけ。楽しみだな」

「荷物を持っていただいたお礼で、ケーキは私がご馳走しますね」

「ほんと？　ありがとー！」

「ルナ、ありがと」

　この場はとりあえずルナに奢ってもらうことを認めたハルトたち。しかしハルト《貴族の三男》とルーク《賢者の孫》は、自分が食べるモノの支払いを女の子にさせるつもりなど一切なかった。いかにサッと三人分の支払いを完了し、ルナに気を使わせない言葉をかけるか。ふたりは何パターンもの脳内シミュレーションを実行しながら、ルナと一緒にカフェへと向かった。

　結局この日はなんやかんやあって、ルナがケーキ代を支払った。ハルトたちがこっそり支払いをしてしまおうと考えていたことに彼女は気づいていたのだ。この時から三人の奢りあい合戦が開始された。そしてこれは、彼らが魔法学園を卒業するまで継続されることとなる。


――＊＊＊――

　夕刻、三人はルナの寮に荷物を運んだ後、ハルトの屋敷に集合していた。

「さっきのケーキ代、俺が払うつもりだったのに」

「今回はルナが一枚上手《うわて》だったな」

「ふふっ。おふたりの考えていることはお見通しです。だから先手を打ちました」

　ハルトとルークが女子にお金を出させるような性格ではないとルナは気づいていた。しかし彼女は今日、朝からふたりに買い物を手伝ってもらったことのお礼をしっかりしておきたかったのだ。ケーキを注文した後、ルナはトイレに行くと言って席を離れ、こっそり支払いを済ませていた。

「次回は俺が奢るから」

「あのさ。俺は一応、貴族の息子だよ？　小遣いをたくさんもらってるんだから、みんなの食事代くらい毎回俺が」

「そーゆーのは違うだろ」

「えぇ。それはダメです」

　この学園にいる貴族の子息たちはその多くが何人もの取り巻きを引き連れ、周囲に威張り散らかすこともある。取り巻きたちが貴族に付き従う理由は代々貴族に仕えていた家系の子である場合と、食事の面倒を見てもらえるから貴族の言うことを聞いている場合がある。しかしルークもルナも、貴族としてのハルトと付き合いたいわけではなかった。

「私たちはその……と、友達ですから」

「ルナ、ありがとう」

嬉しくなると同時に少し申し訳なさを感じたハルト。金や権力でなんでも解決しようとする貴族にはなりたくないと考えていた。でも先ほどの発言を振り返れば、友人ふたりを軽視していたようにも思えてしまう。

「ふたりとも、ごめんな」

「でも俺、魔導書買いすぎて月末にピンチになることがあるから、その時はハルトの奢りで！」

「えっ」

「私も奨学金で生活しているので、本当にどうしようもならなくなりそうだったら助けてくださいね」

ハルトが後ろめたさを抱いていると気づいたルークとルナは、彼を頼りにしているとアピールし始めた。

「う、うん。分かった。困ったときは、いつでも俺を頼って！」

施《ほどこ》しを与えるのと、頼られたからそれに応じるのではだいぶ違う。友人に頼りにされるというのは、なんだか嬉しくなる。

ハルトの部屋のドアがノックされた。ハルトが応じると、お茶とお菓子を持ったティナが入って来た。

「すみません。少しだけお話を聞かせていただきました。ハルト様に良い友人ができて、私は幸せです」

ティナはすごくニコニコしていた。

「ルークさん、ルナさん。これからもずっと、ハルト様と仲良くしてくださいね」

「はーい！」

「もちろんです」

「ありがとうございます」

「ねぇ、ティナ。ふたりと遊びたいんだ。いくつかボードゲームを持ってきて」

「かしこまりました。少々お待ちください」

テーブルにお茶とお菓子を置いて、ティナが部屋から出ていった。数分後、十数個のゲームを持って彼女が帰ってきた。

「これくらいあれば大丈夫ですか？」

「うん。ありがと」

「それでは私は失礼します。夕飯の準備をしますが、ルークさんとルナさんもここで食べていきますよね？」

「えと、お邪魔でなければ」

「ぜひお願いします！」

ルークたちは何度かティナの手料理を食べている。それが高級レストランの料理より美味しいことも知っていた。料理が目的でハルトと遊んでいるわけではないが、今日も食べさせてもらえたらラッキーだと考えていた。

「分かりました。準備ができたらお呼びします」

「よろしくねー」

ティナが部屋を出ていったあと、三人は何をして遊ぶか相談を始めた。

「たくさんゲームがありますね」

「ふたりと遊ぼうと思って集めてもらったんだ」

「カードにボードゲームか。てか、数多すぎじゃない？」

ルークが十数種類のゲームに唖然とする。

「この国で普及しているゲームの大半があります。さすが伯爵様のご子息」

「伯爵家の力っていうより、すごいのはティナなんだよね」

「え？」

「もしかしてコレ集めてきたのって」

「うん。ティナにルークたちとゲームしたいって言ったら、一時間くらいでこうなった。ちなみに昨日のことだよ」

「い、一時間で……」

「ティナ先生、すごすぎです」

「だよね。俺もそう思う」

　この世界にはショッピングモールのような大型の商業施設がない。基本的には個人商店を巡って買い物をしなければならなかった。道具屋は店主の趣味や個人の裁量で仕入れるモノを決めている。店舗によって、または時期によって品揃えが全く違う。ひとつの店舗で何種類ものボードゲームを購入できる可能性は低かった。この国で普及しているゲームを全て入手しようとすれば、数日かかってもおかしくないのだ。

「とりあえず何かやろうよ」

「そうですね。何をやりますか？　ルールは全部分かります」

「おっ、リバーサルあるじゃん！　俺はこれ、けっこう強いよ」

「リバーサル？」

「ハルトさん、これです。このボードゲームのことですよ」

「あー。オセロね」

「オセロ？」

　聞きなれない言葉にルークが首をかしげる。

「オセロっていうのは、異世界でのリバーサルの呼び名です。今から遠い昔、異世界からやって来た勇者様たちがこのゲームをこちらの世界に伝えたようです。ハルトさんがオセロって名称で覚えていたのは、勇者様と旅をしていたティナ先生にそう教えられたからなのでは？」

「う、うん！　そう!!　ティナがコレをオセロって言ってたからさ」

「ふーん。まぁいいや。とりあえずやろーぜ！」

「おっけー！　最初は俺とルークな。で、負けた方がルナと交代でいい？」

「私はそれで大丈夫です」

「ふふふっ。賢者の孫の実力、見せてやる」


ハルトとルークがリバーサルで対戦した。

「う、嘘だろ……」

「ふはは！　どうだルーク」

自慢げなハルトだが、かなり僅差だった。

「では次は、私とハルトさんですね」

「ルナちゃん。俺の仇を頼む」

「が、頑張ります！」

「お手柔らかにお願いしまーす」

ルナは賢くて記憶力も良いが、賢者見習いのルークより強いってことはさすがにないだろう
とハルトは考えていた。しかし——


「えっ、まじ？」

「やったー！　私の勝ちですね!!」

ルナが圧倒的に強かった。

「すげぇ。ルナちゃん、すげーよ！」

「えへへー。ありがとうございます」

「ルナちゃん、次は俺とやろう。ハルトに勝ったルナちゃんに勝てば、俺が一位だ!!」

「ルナ、手加減はいらない。全力でやっちゃいなさい」

「はーい！」


ルナとルークの対戦は盤が全て埋まる前に終了した。

「なん…だと……」

「えっ!?　全部白？　こ、こんなことあんの!?」

「ふふふ。実は私、孤児院で周りの子たちといっぱいリバーサルやっていたので、かなり強いんです」

「いや、それでも強すぎるよ」

「よ、よし。ルナちゃん、もっかいやろう！」

「はーい」

その後何戦やっても。

「ルークさん、そこで良いんですか？」

「えっ」

「そこに置いちゃうと、あと三手で私の勝ちです」

「な、ならこっちにする！」

「そこだとあと七手ですね」

ハルトとルークはルナに一勝もできなかった。


――＊＊＊――


入学したての頃はルナにリバーサルで一度も勝てなかったなぁ。最近は十回に一回ぐらい勝てるようになった。でも俺に負けてもルナはあんまり悔しそうにしないから、もしかして手を抜いたりしてるのか？　そんなことを考えながら、俺は盤上に自分の石を置く。

「あっ！　ま、待ってください、ルークさん」

一度にたくさんの石がひっくり返されて、俺とリバーサルで対戦していたエルフ族の女の子が焦りだした。この子の名前はリエル。俺の彼女だ。付き合い始めて半年くらい経った。

「だーめ。でもまだ逆転のチャンスはあるよ」

「うぅぅ。ルークさん、意地悪です」

若干涙目になりながら上目遣いで見てくるリエルが可愛い。

「ほら。リエルがここに置くと、俺が次どこにも置けなくなる」

「こ、こうですか？」

「そうそう。それで次はここ」

「はい」

「あとは自分で考えてみて。俺に石を置かせないようにするんだ」

「えっと……。ここ？」

「うん。その次にリエルが置くと俺が置けるようになる。だけどここに置くしかないから」

「あっ！」

勝利への道が見えたリエルの顔が、ぱあっと明るくなる。その後リエルはミスることなく、石を置いていった。

「やったー！　ルークさんにはじめて勝ちました！」

「ふふ。今度はヒントなしでやろうね」

「嫌です」

「えっ」

「ルークさんがヒントくれる時しかリバーサルはしません。十回近くやって一回も勝てないなんてつまらないです。ルークさん、強すぎます」

ルナやハルトと違って快勝できるから、ついやりすぎたみたいだ。

「ご、ごめんな」

「ちゃんと手加減してくれなきゃダメですからね」

リエルがグラスを手に立ち上がった。

「飲み物取ってきます。ルークさんは何にします？」

「さっきと同じのをお願い」

「ルービエですね。少し待っててください」

俺は今、エルフの王国《アルヘイム》に来ている。ここはボードゲームで遊びながら紅茶やケーキが楽しめるカフェだ。リエルとのデートではここによく来る。このカフェには俺たちの他に何人かエルフの女の子がいるけど、リエルが一番可愛いと思う。俺の彼女だから補正が入ってそう見えるのかも。でも単純にそうとは言い切れない。彼女はアルヘイムでも人口が少ないハイエルフという種族だから。

　王族や貴族にハイエルフが多いらしい。リエルもそうなのだろうか？　リエルにはまだ家族のことを聞いていない。以前聞こうとした時に、なぜかはぐらかされてしまったので、無理に聞かないようにしていた。彼女が話したくなった時、話してくれればそれでいい。

　ちなみにリエルを紹介してくれたのは、俺の親友ハルトのお嫁さんのひとりであるリファで、そのリファもハイエルフなんだ。なんとなくだけど、リエルはリファと似ている気がする。リファの方が少し背が高いが、笑った時の仕草とかはそっくりだった。

　実は俺、ハルトとリファが結婚しちゃうまで、リファのことが気になっていた。エルフ族には元々美人が多いけど、その中でもリファは可愛かった。普段はしっかりしているのに、たまに盛大なボケをかます彼女を見るのが面白かった。そんな彼女を俺は目で追うことが多かったので、リファからリエルを紹介された時は少し驚いた。ふたりがよく似ていたから。

リファから『ルークさんとお話ししたいというエルフの女の子がいるんです』と言われて会ったのが、リエルだった。なんでもアルヘイムが人族《アプリストス》の王国に侵攻された時、俺が戦う姿を見て興味を持ってくれたらしい。

それから何回かリエルとふたりで食事に行ったり、買い物したりして少しずつ仲良くなり、半年前に俺から告白して無事に付き合うことになった。

凄く嬉しかった。リエルはとにかく可愛い。しっかり者なんだけど、たまに変なことをしでかすのはリファとよく似ていた。

もしかしてリエルは、リファの姉妹か従姉妹なのか？

……いや、さすがにそれは無いか。

だってリファって、アルヘイムのお姫様だもん。その姉妹か従姉妹っていったら、リエルも王族ってことになる。さすがに俺みたいな普通の人族が、エルフの王族と付き合えるはずがない。そもそもリファが紹介してくれるはずないだろう。

「ルークさん、どうしたんですか？」

「あっ、ごめん。今日どこに行こうか考えてた」

少しボーッとしてしまった。

「私はルークさんと一緒なら、どこでも楽しめますよ」

笑顔のリエルが、そう言ってくれた。彼女は今日も可愛い。

「だったら、図書館とかどうかな？」

「私は大丈夫ですけど……。ルークさんはエルフ文字、読めますか？」

アルヘイムの図書館にはエルフ文字で書かれた書籍しかないようだ。エルフ文字はこの世界の中でも特に難解な文字で、読めるヒトは限られている。とはいえ俺も賢者見習いなんだ。

「だいたい読めるよ。でも分からない単語もあると思うから、リエルに教えてほしいな」

「分かりました！　私、頑張ります!!」


その後、リエルと王都にある図書館までやってきて、俺は魔導書を読み始めた。俺の対面の席についたリエルは何も読まず、ずっと俺を眺めている。

「リエルは本を読まないの？」

「私は本を読んでいるルークさんを見てるのが好きなので、お気になさらず。それから意味が分からない単語があれば、遠慮なく言ってくださいね」

そう言った彼女は、本当に楽しそうな笑顔だった。

彼女に見られていて嫌な気はしないけど、ずっと視線を感じるのもなんだか恥ずかしい。

「リエル。この単語の意味、分かる？」

ちょうど分からない単語があったので、恥ずかしさを誤魔化すついでに質問をすることにした。魔導書をリエルが読めるよう、ひっくり返そうとする。

「私がそちらに行きますね」

リエルが俺の左隣の席に移動してくれた。

彼女と一緒に席に着くとき、俺は対面よりこうして隣に座ってくれる方が好きだな。

「どの単語ですか？」

「これなんだけど」

「んーとですね、これは――」

エルフのものに限らず、魔導書ってのは字がとても小さい。魔法や錬金術、薬品の調合など、膨大な情報を文字にして、それぞれ本にまとめようとしているのだから仕方ないのだろう。視力が良いリエルでも、字が小さすぎるせいで本に近づかなくては読みにくいようだ。リエルが魔導書に身体を寄せる。それはつまり魔導書を机に置いて、その前の席に座る俺の身体にリエルが身体を寄せてくるってこと。

ふにっと、柔らかい感触が左腕に伝わってきた。

「あっ」

「どうかしました？」

「いや、ごめん。なんでもないよ」

リエルの胸が俺の腕に押し当てられている。最高だ。ティナ先生ほどじゃないけど、リエルもかなり胸が大きいんだ。彼女は一所懸命に魔導書の文を読んでいる。俺のために彼女が頑張ってくれているのが凄く嬉しい。でもなかなか苦戦している様子だった。

「この単語は『星霧草』という薬草の名前です。星が見える夜に突如、霧が出てきた場所で生

える草です。ここには、万能薬エリクサーの素材になると書かれています」

「そうなんだ。ありがと、リエル」

「えへへ、どういたしまして」

嬉しそうに笑みを浮かべ、リエルが魔導書から離れていった。つまり俺の腕からも彼女の胸が離れていく。ちょっと名残惜しい。リエルの善意につけこむようで悪い気がするが、もう少しだけ彼女と触れ合いたい。

「リエル。こっちの単語の意味も教えて」

「はい。……これはまた難しい単語ですね。少しお時間いただいてもいいですか？」

「もちろん。よろしくね」

再び柔らかなものが俺に押し当てられる。俺の身体に身を寄せるリエルの髪から凄くいい匂いがする。彼女の顔が近い。一所懸命なリエルの横顔がとても綺麗だった。

あぁ……。俺は今、最高に幸せだ。


昼になったので図書館を出て、リエルと昼食を食べた。その後、彼女が買い物をしたいと言うので、王都の商店街をふらふらしながら、リエルの買い物に付き合った。


夕刻。日が沈んできた。

そろそろいい時間かな？　今回のデートのメインイベントを始めようと思う。

「リエル。行きたい所があるんだ。まだ時間は大丈夫？」

「えっと、その……。実は今日、外泊も大丈夫です」

えっ。そ、それって――

「俺とどこかに泊まるのも、おっけーってこと？」

顔を真っ赤にして俯いたリエルが、俺の服の裾をギュッと握りながら無言で頷いた。

マジか……。え、マジで？

リエルの家には門限があるらしく、これまでのデートであれば、必ず夜八時までにはリエルとお別れをしなければいけなかった。それが今日は、お泊まりもできるらしい。

なんてタイミングだ。神がかっている。俺の日頃の行いが良いからかな？　いや、まだ焦るなルーク。喜ぶのはリエルの返事を聞いてからだ。

「それじゃ、俺の行きたいところついてきてね」

リエルの手を握って歩き始めた。彼女は俯いたままだが、しっかり俺についてきてくれた。


「ルークさんが来たかった場所は、ここなのですか？」

「そう」

俺はリエルを、アルヘイムの中心にそびえ立つ巨木――世界樹の根元まで連れてきた。

「そろそろだと思うんだけど――」

少しその場で待っていると、俺たちの前に風が渦巻き始めた。風の中心に何かが現れる。

「やっほー！　ルーク、久しぶりだね。待ってたよ」

世界樹の化身、風の精霊王シルフ様だ。

「シ、シルフ様！」

「あっ、いいからいいから。膝つくと洋服汚れちゃうでしょ？　だから立ったままでいいよ」

リエルがシルフ様の前に膝をつこうとしたけど、シルフ様がそれを止めてくれた。

「よろしいのですか？」

「うん！　気にしないで」

リエルたちエルフにとって、アルヘイムを守り、恵みを与えてくれる世界樹は絶対的な存在だ。その化身であるシルフ様も、リエルたちにとっては最上級の敬意を持って接すべき存在なのだという。

「あの、シルフ様がどうしてこちらに？」

「ルークに頼まれたの」

「えっ!?」

信じられないというような表情で、リエルが俺の方を振り返った。

「正確にはルークが、僕の契約者であるハルトに頼んだから僕がここに出てきたの。リエルも、ハルトのことは知ってるよね？」

「も、もちろんです！　この国の大恩人ですから、知らないはずがありません」

俺の親友ハルトは、風の精霊王シルフ様の契約者だ。しかも残る三属性の精霊王とも契約しているっていうから、驚くのを通り越して笑うしかない。

「ルークなら自力で上までいけるよね？」

「はい。問題ありません」

「あっ、あの……。上って、もしかして――」

「世界樹のてっぺん」

俺の言葉を聞いてリエルが固まってしまった。エルフ族にとって、世界樹は神聖なものであり、登るどころか触れることすら禁忌とされていた。普通だったら俺が誘っても、リエルは世界樹に触れることすら拒んでしまうだろう。でも俺は今日、どうしてもリエルを世界樹の一番上まで連れていきたかった。だからハルトに頼んで、シルフ様に顕現していただいた。

「リエル、僕が許可する。だからルークと一緒に、世界樹を登っていいよ」

「ほ、本当によろしいのですか？」

「うん。世界樹のマナが過干渉しないように、僕の加護をリエルにつけとくね」

ふわふわとシルフ様が飛んできてリエルの頭に触れた。世界樹の内部を満たす高濃度のマナは、エルフ族が好きすぎて、世界樹内部にエルフが入ってくるとその周囲を取り囲んでしまうらしい。その濃度が濃すぎて、エルフたちは魔力酔いの症状が出てしまう。シルフ様が触れたあと、リエルの身体がぼんやり輝いていた。精霊王の加護をもらえたようだ。

「わ、私……な、なんて言えばいいか」

感動のあまり、リエルは泣きそうになっていた。

「お礼ならルークに言ってあげて。僕はこれで」

そう言ってシルフ様が姿を消した。

「よし。それじゃ行こうか！」

「えっ、ル、ルークさん？」

リエルを抱きかかえ、魔法で飛び上がった。

「きゃぁ!!」

悲鳴を上げながらリエルが必死になって俺にしがみつく。驚かせてしまったみたいだ。そういえばリエルを抱えて飛んだことはまだなかった。

「驚かせてごめん。でも絶対にリエルを落としたりしないから」

「……ルークさんを、信じます」

恐る恐るといった感じで、彼女が顔を上げた。でもまだ周りを見渡すことは無理なようで、俺の顔をジーッと見つめてくる。今はそれでいい。

おっと、日が沈みそうだ。少しスピードを上げないと。

「リエル。そのまま俺だけを見てて。ちょっと飛行速度を上げるよ」

「は、はい」

日暮れに間に合うよう、俺は飛行速度を上げていった。

なんとか間に合った。

「もう目を開けていいよ」

やっぱり怖かったようで、リエルは途中からギュッと目を固く閉じていた。俺とリエルは今、世界樹の頂上にある枝に立っている。

「ルークさん」

「周りは見える？　俺がしっかり支えておくから。ゆっくり見渡してみて」

俺を信頼してくれたんだろう。恐る恐るといった感じでリエルが背後の風景に視線を向ける。

「……きれい」

彼女の口から、自然と言葉が漏れた。リエルの目には何にも遮られない夕日が、遠くに見える海を、大地を、そしてアルヘイムを赤く染め上げる風景が映っていた。俺はこの風景を彼女に見せたかった。

数分後。夕日が沈み、辺りが暗くなっていく。すると世界樹の枝の隙間からアルヘイムの街に火が灯っていくのが確認できた。下から世界樹がぼんやりと照らし出される。世界樹自体もうっすらと輝いていた。

下からの街の光と世界樹の発光で、俺たちの周りには幻想的な風景が広がっている。

「ルークさん、凄いです。すごくきれいです。これを私に見せたかったのですか？」

「うん。だいぶ遅くなっちゃったけど、学園祭の時のお詫びのつもり」

「学園祭のお詫び？　……あっ！　もしかして、アレですか？」

「うん。たぶんリエルが思ってるのだよ。俺さ、どうしてもあの時のことを、ちゃんとリエルに謝りたかった」

　俺は昨年末に開催された魔法学園の学園祭で、リエルを傷つけてしまった。


――＊＊＊――


　学園祭二日目。俺は今、前日と同じように執事服を着て、お嬢様――お店に来てくれた女性たちの相手をしている。俺たちのクラスは『メイド&執事喫茶』をひらいていた。

「お嬢様、紅茶をお持ちしました」

「ありがとう、ルーク」

　ちなみに俺が相手をしているのはマダムでもなんでもなく、魔法学園の女子生徒だ。ローブの模様からして三年生かな？　ただの女子学生が俺の態度や場の雰囲気に影響されて、優雅に紅茶を飲んでいる。こちらが完璧な執事を演じると、俺が接しているお客さんもまるで本当の貴族令嬢かのような態度をとるのでちょっと面白い。お客さんに、この場の雰囲気を最大限楽しんでいただいてるって実感できる。

　俺って執事が向いてるんじゃないかな？　そう錯覚するほど、楽しかった。それに俺はクラスの男子の中で一番人気だった。長身でガタイがよく、ワイルド系イケメンのリューシンより。美人ハーフエルフのティナ先生や、美少女エルフのリファを奥さんにしてしまうハルトより。俺の方が圧倒的にお嬢様たちから指名を受けていた。

最高にモテた。だから少し調子に乗ってしまったんだ。

「ルーク。今日は楽しかったわ」

「お楽しみいただけたようで何よりです。本日は誠にありがとうございました」

手を差し出されたから、なんとなく流れでその手の甲にキスをした。

ガシャンと、何かが落ちて割れる音がした。出入口が見える席に座っていた女の子が、手に持っていたカップを落として割ってしまったようだ。その子は、目元まで深くフードを被っていて顔が良く見えなかった。

「お嬢様、大丈夫ですか？」

ハルトが対応していたお客さんのようで、彼がその女の子の所に駆け寄る。

「すみません、もう……帰ります」

女の子はハルトに押し付けるようにお金を渡すと、お店の出入口のそばにいた俺の前を通って早足で出ていった。その子の頬に、涙が伝っているのが見えた。俺は彼女の声に聞き覚えがあった。

ま、まさか!?　で、でもそんなはずはない！　だって彼女は今、ここから遠く離れたアルヘイムにいるはずなんだから。

俺が呆然としているとリファが近づいてきた。

「ルークさん。彼女を追いかけた方がいいかもしれません。まだ彼女と付き合い始めたばかりなのでしょう？」

「えっ⁉　じゃ、じゃあ、あの子は――」

「リエルです」

リファの言葉を聞いた俺は、執事服を着たまま走り出していた。仕事中だというのも忘れ、賢者見習いのスキルのひとつである魔力探知を全開にしてリエルの居場所を捜した。

手の甲とはいえ、女の子にキスしているのを見られてしまった。まだ付き合い始めて数か月しか経っていない俺の彼女に。間が悪すぎる。キスしたのなんてアレが初めてだ。女の子にいっぱい指名されて浮かれていた。手を差し出されたから、つい。

いや、言い訳なんて考えてる場合じゃない。とにかくリエルを捜さなきゃ‼

――あっ、いた！

「おい、お前。ひとりだろ？」

「俺らと一緒に、学園祭を回ろうぜ」

「こちらの御方はゾルディ男爵の御子息、ナード様です。私たちと一緒に回れば、いっぱい良いことがありますよ？」

「い、嫌です。けっこうです！」

見覚えのある三人組に絡まれているエルフの女の子を見つけた。間違いない、リエルだ。彼女ははっきりと断っているのに、ナードたちは引き下がろうとはしない。周りで見ている生徒もいるが、ナードが貴族関係者であると分かるローブを着ているせいで、リエルを助けようとする者はいなかった。

「リエル！」

「ル、ルークさん！」

近づいて声をかけると、俺に気付いたリエルが走ってきて俺の後ろに身を隠した。

「この子は俺の彼女です。申し訳ありませんが、お引き取りください」

「あ？　執事がこんな可愛いエルフの彼氏？　ふざけるな！」

俺、執事服のままだった……。

「執事とか関係ないだろ」

「関係あります。こちらの方は男爵家のご子息、ナード様です。ナード様がそちらのお嬢様と学園祭を回りたいとお願いしているのです」

「黙ってそいつを寄越せよ」

メガネをかけた細身の男と、小太りで背の低い男が俺に詰め寄ってくる。

「お前から彼女を取ろうって言うんじゃない。学園祭を一緒に回りたいと言っているだけだ」

「貴方はご自身の主の所に戻られてはいかがですか？　彼女のお相手は私たちがして差し上げますので」

「そうだ。だからお前は俺たちと来い」

ナードが強引にリエルを連れていこうと手を伸ばす。

「おやめください。それ以上近づけば——」

「どうしようってんだ？　貴族である俺に手を出すのか？」

俺は学園長の孫とはいえ貴族ではない。そんな俺が貴族に手を出すと色々まずいことになる。だからといって言われたとおりにリエルを手放せるわけがない。なのでこうする。

「それ以上俺たちに近づけば、雷に撃たれてしまうかもしれませんよ」

「は？　お前、何を言って――」

「ナ、ナード様！」

メガネの男が気付いた。彼の視線につられてナードが上を見る。

「なっ、なんだ!?　なんだあれは!!」

さっきまで晴れ渡っていた空に雷雲が広がり、何本もの稲妻が雲の中を走っていた。範囲殲滅型の究極魔法アルティマサンダーだ。俺はこの魔法で、好きな場所にだけ超級の破壊力を持った雷を落とすことができる。

「あまり俺たちに近づくと、アレが落ちてくるかも」

「お、お前の魔法か!?　俺は貴族だぞ!!　俺に向けて魔法を放てば、ど、どうなるか」

「嫌だなぁ。あんなのが個人の魔法のわけないじゃないですか。天候を支配するのなんて、それこそ究極魔法クラスでしか無理です」

一歩、ナードたちに近づいた。俺から逃げるように彼らは二歩後ずさる。

「もしですよ。仮に貴方たちがアレから落ちてきた雷に撃たれたとして、それは絶対に俺のせいにはなりません。ただの執事である俺が、究極魔法なんて使えるわけないんですから」

ニタリと笑う。ナードたちの顔は引き攣っていた。

「お引き取り願えますか？」

全力で首を縦に振ったナードたちは、我先にと走り去っていった。

「ふぅ」

やべぇ。めっちゃ緊張したぁ。逃げてくれて、良かった。もしかしたら、後でじいちゃんに怒られるかもな……。でもいいんだ。俺の彼女に貴族なんかの相手をさせずに済んだのだから。

「あの、ルークさん……」

「リエル。来てたんだね」

彼女と向き合う。頭の中で俺は、必死に謝罪の言葉を考えていた。

「ごめん。俺は――」

「ルークさん。かっこよかったです！」

「うん。そうだよね――って、え？」

「私を守ってくれて、ありがとうございます！　まるで騎士様みたいでした!!」

リエルがキラキラした目で俺を見つめてくる。すごく可愛い。

「お、怒ってないの？」

「私以外の女の子にキスしたことですよね？　怒ってるに決まってるじゃないですか！　まだ私にキスしてくれたことないのに、なんで他の子にキスしてるんですか!?」

「ご、ごめんなさい」

「謝るだけじゃ許しません！　わ、私にも……。その、キスしてくれなきゃ」

「えっ⁉　こ、ここで？」

「お店では普通にしてましたよね」

リエルが手を差し出してきた。

あぁ、なんだ……。手の甲にすればいいのか。唇にしろって言われるかと思って焦ってしまった。先程までのナードたちとのやり取りのせいで、俺たちの周りにはかなりの人数の野次馬が集まっている。さすがにこの人数の前で唇にキスするのは恥ずかしすぎる。でも手の甲でいいのなら——

「お嬢様」

リエルの手を取りながら片膝をついた。さっきリエルは、俺のことを騎士みたいでかっこよかったと言ってくれた。だから今は彼女の騎士になろう。

「お嬢様に、忠誠を誓います」

リエルの手にキスをする。

数十人集まっていた野次馬たちから歓声が沸き起こった。

リエルは顔を真っ赤にしているが、満更でもなさそうだった。


——＊＊＊——

「あの時はなんだかんだで有耶無耶にしちゃったけど、リエルの目の前で他の女の子にキスするとか許せないよね……。本当にごめん」

「目の前じゃなくても嫌です」

「そ、そうだね。ごめ――っふ!?」

謝ろうとしたらリエルに両頬を摘まれた。

「ルークさんって本当に真面目なんだから」

ふふっと笑いながら彼女が俺の頬から指を離した。引っ張られて少しヒリヒリしていた頬を、今度はリエルが優しく撫でてくれる。軽くヒールをかけているようで痛みが引いていく。

「あれ以来、私以外の女の子にキスしていませんよね？」

「もちろん!!」

「ならいいんです。あの時、大勢のヒトの前で私にキスしてくれたから、私はルークさんのことをとっくに許していました」

「そうなの？」

「そうです。あの時はすごく嬉しかったです」

良かった。リエルは、俺を許してくれたんだ。ずっと気になっていたことが、これでひとつ解消された。

「それだけですか？」

「えっ」

「私に学園祭の時のことを謝るためだけに、わざわざシルフ様にお願いして、こんな所まで連れてきてくださったのですか？」

まっすぐ俺を見つめてくるリエルは、なぜかソワソワしている感じだった。彼女の耳が赤く染まっている。

もしかして俺の二個目の――というかメインの目的がリエルにバレてるのか？　まぁ、こんな雰囲気の場所に連れてきたんだから、期待させちゃうよね。その期待に応えよう。

「リエル」

「は、はいっ！」

「俺と半年間、付き合ってくれてありがと。毎日会えるわけじゃないけど、俺とたくさんの時間を一緒に過ごしてくれて本当に楽しかった」

「私もルークさんといっぱい一緒にいられて嬉しいです。でも、さすがに毎日ルークさんに会いたいなんて無理は言いませんよ。ここグレンデール、すっごく遠いんですから」

「会いたいか、会いたくないかで言えば？」

「……会いたいです。毎日一緒にいたいです！」

俺はなるべく毎週アルヘイムまで通って、リエルと一緒に過ごしていた。ここまで来てもリエルの都合で一時間ほどしか会えなかったり、学園のイベントなどで来られない時もあったけど、できる限りリエルに会いに来ていた。

彼女と一緒に過ごせるのが楽しかった。人生で最高の時を過ごしていると思えた。

「でもルークさんが毎週、グレンデールからここまで会いに来てくれることも、かなり負担じゃないですか？　私はこれ以上なんて、望めませんよ」

負担か。負担に思ったことはないな。

「一週間に一回ここまで来るくらいなら、全然問題ないよ。リエルとどこに遊びに行こうか考えてる間に、着いちゃうから」

「そうなんですか？」

「うん。でも俺はもっと長い時間、リエルと一緒にいたい」

「わ、私もです！」

リエルが俺の胸に飛び込んできた。俺の服をギュッと握りしめている。

俺はポケットから彼女のために用意したモノを取り出した。

「リエル」

「……はい」

彼女と見つめ合う。

「俺と結婚して、グレンデールに来てくれませんか？」

リエルに純白の指輪を見せた。誓い石という希少な鉱石を加工して、俺が作った指輪だ。ハルトがティナ先生に贈ったっていう、ヒヒイロカネの指輪と比較されちゃうと見劣りするが、それでもこの指輪は世界最高クラスの魔具だ。俺はこの指輪になった原石にリエルを幸せにするという誓いを立てて加工した。

指輪を見ながら、リエルが泣いている。

「私がこれを受け取ったら、ルークさんが色々と大変になっちゃいます」

リエルは家のことをあまり話してくれなかったので、なんとなく想像していた。彼女は貴族の家の令嬢とかで、人族である俺なんかと結婚するって言ったら当主に反対されるってことだと思う。でも俺の親友ハルトは、この国の大臣たちの反対を跳ね除け、国の英雄であるティナ先生と結婚した。アイツは大魔王級のバケモノだけど、俺だって賢者の孫なんだ。好きな女の子と一緒になるためなら、なんだってやる覚悟があった。

「リエルがそれを受け取ってくれたら、俺は一生リエルを守る。リエルと一緒になるためなら、どんな障害だって取り除く」

彼女の目をまっすぐ見て宣言した。

「もう一回言うね。リエル、俺と結婚してください」

「……はい」

彼女が左手を差し出してきた。俺はその薬指に指輪をはめる。

おぉぉぉおおお！　よっしゃぁぁぁぁあ!!

ついに俺にも、エルフの嫁ができたぞぉぉお！

全力でリエルを抱きしめた。

「ルークさん。これからよろしくお願いします」

「あぁ！　俺は全力でリエルを幸せにする」

「早速ですが明日、お父様にご挨拶しに行きませんか？」

おっと、いきなりだな。でも大丈夫。想定の範囲内だ。

「分かった。行こう」

「ありがとうございます。それから、今まで黙っていてすみません。私の名前は――」

リエルが少し間をあけて、俺が予測していた中で最もありえない単語を口にした。

「リエル＝アルヘイムです」

へ、へえ……。アルヘイムか。ということはやはり、リエルはリファの姉妹ってことですよね。まぁ、うん。可能性のひとつとして考えていた。そっかぁ、俺はハルトと義理の兄弟になるのか。……いや。配偶者の姉妹の配偶者だから、他人なのか？

俺は明日、リエルの親に挨拶しに行くという不安以上に、ハルトとの関係がどうなるのか気になって仕方なくなってしまった。

03

竜人の姉弟

LEVEL 1 NO SAIKYO KENJYA

ハルトたちがイフルス魔法学園に入学する数か月ほど前のこと。

「お母様、お見送りありがとうございます」

「竜の巫女としての務めをしっかり果たしなさい。リューシン、リュカをよろしくね」

リューシンとリュカの故郷である竜人の里で、白髪の美女がリューシンたちを見送ろうとしていた。彼女の名はククルカ。リューシンとリュカの母親だ。

「はいよ。でも行くのは人族の魔法学園だろ？　リュカに勝てる奴だってそういねーよ」

「……そうかもね。強いヒト、見つかると良いのだけど」

彼らは竜人族、別名ドラゴノイドと呼ばれる種族だ。竜の血が入ったヒトであり、その戦闘能力はヒトの中で最強クラスである。ただし、この世界にいる竜人族はとても数が少ない。気高き竜の血が入っているだけあって竜人族たちは皆プライドが高く、自身より強い者にしか身を委ねないからだ。加えて竜人族の男は生涯でひとりの伴侶しか得ないので、強い竜人族の男が複数の妻を娶って多くの子を成すということがない。強靭な身体を持つため死ににくく、かつ寿命はエルフ族以上に長いので個体数が急激に減ることはない。しかし、それ以上に増える可能性が少ないのだ。

これを良しとしない存在がいた。竜と竜人たちの神——竜神だ。竜神は竜と竜人の繁栄を望む存在であり、竜人の衰退を防ぎたいと考えていた。竜人族繁栄のために竜神は『竜の巫女』というシステムを考案した。強い加護を与えた竜人族の女性に強力な回復術を使わせ、竜人族以外のヒトも癒させようというもの。竜の巫女に癒されたヒトが巫女に感謝すると、その想いなどは信仰心として竜神の糧となる。そうして得た力を用いて竜神は竜や竜人に加護を与え、竜族をこの世界での強者としているのだ。

竜の巫女の役割はまだ他にもある。それは竜人に限らず、強者と結ばれ子を成すこと。この世界のヒトは他種族同士であっても子を成せる。生まれてくる子はどちらかの親の種族を引き継ぐか、ハーフになる。例えば人族とエルフ族が子を作ると、その子はエルフかハーフエルフか人族になる。ただし竜の巫女との子は、必ず竜人族になる。さらにその子どもは、父親となった者の能力を引き継ぐことが可能なのだ。数は少ないながらも確実に強者を育んでいくことで、竜族の地位を維持してきた。

現代の竜の巫女はククルカの娘、リュカであった。ここ数世代は物理戦闘系の強者と竜の巫女が結ばれて物理系に強い世代を育んできたので、次の世代では魔法系の伴侶を探すようにと竜神から神託があった。そうしてリュカがイフルス魔法学園に入ることになったのだ。ちなみにリュカとリューシンは竜神の加護を受け、魔法に適性を得ている。

「いくら強くても人族はやめておきなさい。寿命も短いし、肉体も脆くてすぐに死ぬ。稀に賢者まで至る者もいるけど」

「でも賢者になる頃にはジジイになってんだろ？　ジジイが相手で子ができるかな」

「リューシン、怒るよ」

「そうね。リューシン、茶化すのはやめなさい」

「す、すまん……」

「人族が運営している魔法学園だけど、人族以外の種族もいるから。狙うならエルフ族ね」

「エルフ族の方が、私なんかとお付き合いしてくださるでしょうか？」

「それは大丈夫だろ。お前、可愛いし」

「なっ⁉　あ、あんた何を」

「それはリューシンに同意ね。我が子ながらあなた顔が良いんだから。自信を持ちなさい」

「そうそう。まっ、胸や尻は全くそそられねーけど——」

「うっさい‼」

「ぐふっ⁉」

リュカが全力でリューシンの鳩尾に拳を叩き込んだ。油断していたリューシンはその場で悶絶し、倒れた。竜人族特有の防御スキル『ドラゴンスキン』は自動で発動していたが、リュカはそれをものともしないほどの攻撃力も有していたのだ。

「はぁ……。こんなんで大丈夫なのかしら？」

姉弟のやり取りを見て若干の不安を抱きながら、ククルカはふたりを見送った。


——＊＊＊——


「入学試験、やっぱ楽勝だったな」

「実技は、でしょ？　リューシンは筆記試験の方、ギリギリだから」

リューシンとリュカ、ふたりの竜人姉弟は数週間前にイフルス魔法学園の入学試験を受け、今日その合格通知書を受け取ったところだった。

「えっ。い、いやきっと、筆記試験も……」

「私と自己採点し合った時、かなり落ち込んでいたのはもう忘れたんだ」

「あー！　あー！　も、もう、いいじゃねーか。こうして無事に合格したんだから！」

「何よ。あんたが魔法学園を舐めたこと言うから」

彼女たちはイフルス魔法学園の近くにある街に宿を取り、そこを拠点に数か月の間生活していた。魔法学園では指定した宿などで合格通知を受け取ることが可能だ。

「ちなみに私は成績が良かったから授業料が免除されることになったよ」

「えっ」

「魔法学園に入学するためにお母様がくださったお金。私はお小遣いにしちゃうことにした」

「お、俺のお小遣いは!?」

「ないわね。とりあえず切り詰めれば一か月分くらいになる食費はもらっているから、それで何とかしなさい」

「リュカさんのお小遣いを少し分けていただいたりするのは……」

「絶対に嫌。魔法学園では学生ができるお仕事を斡旋してくれる。そーゆーので自分で働いて食費を稼がないと、近いうちに詰むわね」

「でもそれだと、授業料が浮いたくらいのリュカだって」

イフルス魔法学園は七年制。それだけの期間なんの収入もないと、食費や教科書代などが足りなくなる。基本的に魔法学園に来るのは学生に仕送りができる裕福な家庭の子が多い。ルナのような孤児院出身者もいるが、魔法を使う才能に優れていて奨学金をもらえるくらいでないとやっていけない。

「私は入学試験の時に回復魔法を披露したの。実力が認められて、学園の医務室でお手伝いをさせてもらえることになったの」

「……マジで？」

「マジよ。あんたも早くお金を稼ぐ方法を考えときなさい。せっかくドラゴノイドなんだから、腕の鱗でも売れればそれなりに資金にはなるかもね」

リュカに言われたことを真に受け、自らの腕の鱗を眺めるリューシン。

「これ、売れんの？」

「えっと。本気にしないでほしいんだけど」

ドラゴノイドは竜に戻れる種族だ。その身体に生える鱗はサイズこそ小さいものの、竜の鱗そのものである。特にリューシンは最強の魔物である色竜のドラゴノイド。腕に生える鱗は一枚で、一般人が数年遊んで暮らせるほどの金になる。

「冒険者ギルドにでも持っていきゃいーのか？」

「……はぁ。分かった。当面の食費ぐらいは私が何とかしてあげる」

弟が身売りのようなことをしようとしているのに引け目を感じたリュカ。竜人族がその身体の鱗を無理やり剥がそうとするのには、かなりの痛みが伴うということを彼女は知っていた。

だから今後も、少しの間はリューシンの面倒を見ることを決意する。

「えっ、いいの!?」

「食費だけだからね。あんたもちゃんと働かせてくれるところを探しなさい。その馬鹿力なら荷物運びとかで雇ってくれるところもあるでしょう」

「分かった！　入学したら職探しを頑張るよ」

二千人以上の学生がいるイフルス魔法学園。そこには学生が快適に生活できるよう、様々な店舗が展開されている。当然そこで働くヒトも多くいるわけで、必要に応じて学生も各店舗でアルバイトが可能だ。学業に支障をきたさない程度までという制限はあるが、学生が小遣い稼ぎをする手段が用意されているのだ。

リューシンは魔法学園入学後、リュカのアドバイス通り店舗に荷物を運ぶアルバイトを開始した。人族が数人がかりで運ぶ荷物をたったひとりで動かせてしまうリューシン。彼の能力を買って、とある商人がリューシンを商隊にスカウトしたほどだった。


――＊＊＊――

イフルス魔法学園に入学して二日目。初日は入学式だけだったから、今日がクラスメイトたちとの顔合わせと最初の授業ってことになる。その授業でそれぞれが全力の魔法を披露することになったんだが……。俺とリュカのクラスメイトはなんか、少しおかしかった。

　まず普通にエルフ族がいた。三百人いる同学年に数人しかいないって言われているエルフ族が、俺たちと同じクラスだったんだ。だけどリュカ《竜の巫女》の伴侶候補にはならない。そのエルフ族はリファっていう女子だったからな。このリファが使った魔法はエルフ族ならありがちな風魔法だったけど、その貫通力がすごかった。

　次にマイとメイっていう姉妹が魔法を披露した。ふたりは同時に魔法を使ったんだ。マイが火属性魔法で、メイが水属性魔法。普通、火属性魔法と水属性魔法って同時に使うと威力を相殺してしまう。だけどマイたちの魔法は、くっそ頑丈なはずの的をボロボロにした。融合魔法《ユニゾンレイ》っていう超レアなヤツだ。ひとりでやるんじゃなくて、ふたりでこれをやってしまうことが凄い。双子って言っても魔力は他人のものだから、ここまで完璧に融合《ユニゾン》するのは非常に困難なはずだ。

　俺がその後に魔法を使った。的はリファやマイたちの魔法でボロボロになっていたから、割と簡単に破壊することができた。魔力を乗せた飛ぶ斬撃で俺が真っ二つにした的を、竜の巫女であるリュカが再生《リザレクション》させた。世界中から優秀な魔法使いの卵が集まるこのイフルス魔法学園とはいえ、俺の攻撃力もリュカのリザレクションも十分珍しいはず。なんだけど……。クラスメイトみんながそれぞれ個性的だったから、俺たちだけに注目が集まるってことはなかった。

　リュカの後に魔法を使ったのは獣人族のメルディ。彼女にはルナっていう人族の女子が補助魔法をかけた。この補助魔法も普通じゃなかったんだ。魔力を使う効率がほんの少し良くなる程度の付与魔法しか使えない付術士は、一般的に不遇職と言われている。そんな付術士であるルナがかけた魔法で、メルディの能力は数倍に引き上げられた。こんなの普通はありえない。そしてルナに強化されたメルディは的を完全に破壊した。彼女は俺と同じ攻撃系魔法職なんだけど、獣人族で魔法に適性が出るのはかなり珍しい。この学園ではエルフ族以上にレアな存在だ。

そんでここから。俺やリュカを含め、これまでに魔法を披露したのがこいつらの前座だったんじゃないかって思えるくらいヤバいのが二連続で魔法を使った。まずはルークだ。彼は人族の男で、顔が良かった。背も高いし、女子から人気が出るだろうなって思えた。さわやかイケメンなルークが使ったのは、雷属性の究極魔法。この世界最強の魔法のひとつだ。その魔法は的どころか、訓練所の地面にも巨大な穴をあけるほどの威力だった。もし俺がアレを受けたら……。未熟な俺の防御スキル《ドラゴンスキン》では防ぐことができず、身体は消滅するだろうな。

最後に魔法を使ったのがハルト。こいつが一番ヤバかった。究極魔法を使えてしまうルーク以上のバケモノだったんだ。

『いいですか？　三割くらいですよ。絶対に本気で魔法を撃たないでくださいね。でないと、この訓練所が壊れます』

ハルトが魔法を使う前、担任のティナ先生がそんなことを言い出した。俺には『全力でお願いします』って言っていたのに……。それにルークも全力で究極魔法を放っていた。彼の魔法は地面を大きく抉《えぐ》ったけど、訓練所の外に影響はあまりなさそうだ。きっとこの訓練所には高度な魔法障壁が張られている。それなのにハルトは全力禁止。いったいどんな魔法を使うんだって思った。ハルトが的に向かうまでの間にティナ先生が俺たちの周囲に魔法障壁を張ってくれたから、ハルトの魔法は三割の力でもヤバいのかもしれない。

『ファイアランス!!』

ハルトが使ったのは火属性の最下級魔法。だけど威力が異常だった。的は一瞬で蒸発した。的の後ろにあった訓練所の壁も容易く貫通した魔法は、超高速で魔法学園の中央街に向かっていった。それをティナ先生が何とか空に逸らして事なきを得た。ちなみにティナ先生って、百年前に魔王を倒した勇者パーティーのひとりらしい。この世界の英雄だ。そんな英雄ですら受け止めきれず、逸らすのがやっとの魔法。ハルト、ヤバすぎる……。ただ、ハルトはなんか勘違いして本気で魔法を放ったみたいだ。ちょっとだけ安心した。三割の力であれだったら、マジで魔王級だろ。

その日の夜、一緒に夕飯を食べているリュカに聞いてみた。

「なぁ、リュカ。もし俺が完全竜化できたら、今日のハルトのアレを受けきれるかな？」

「アレって、あのファイアランスのこと？」

「そう。黒竜になれれば、俺はハルトに勝てるかな？」

「うーん……。ハルトさんが使うのが今日みたいな火属性魔法だったら」

「い、いけるのか!?」

「あ、違うよ。彼の魔法が火属性とか水属性ならギリギリあんたの魂の欠片が残るから、私が蘇生させてあげられそうだって言いたかったの」

「えっ」

「もしハルトさんがあのファイアランスと同じ規模の光属性魔法が使えるとしたら、絶対に彼と戦っちゃダメだからね。あんたの弱点の光属性魔法であの威力の魔法を喰らったら、間違いなく魂ごと欠片も残らずに消滅する」

リュカが冗談で言ってるんじゃないってすぐに分かった。これはガチの忠告だ。それから彼女の言葉は俺のことを心配してっていう感じではなかった。どちらかと言うと、ハルトの側に立った意見のように思えたんだ。それはまるでリュカが——

「も、もしかしてリュカ。ハルトを伴侶候補にって、考えてたりする？」

「もしかしなくてもそう。ルークさんが究極魔法を使った時、彼が第一候補になった。彼は人族だから、お母様が言っていたように私《竜人族》との寿命差が問題かなって思ったけど、竜の巫女としての務めを果たすためならなんてことない。それにルークさん、かっこいいし」

竜の巫女としての役割——強者と結ばれて子を成すことができるのであれば、リュカはそれで良いと考えていたようだ。役割さえ果たせば、伴侶が寿命で死んで数百年は独り身になってしまうことが分かっていても、彼女はそれを受け入れるつもりだった。ただ、ルークを伴侶の候補にと考えた場合、もしかしたら同じくらい強い長寿種族のヒトがいるかもしれない。あいつの魔法は確かに凄かったが、まだヒトとしてあり得る範囲だった。リュカがルークと結ばれる前に、人族以外の候補が見つかる可能性は十分にあった。

「でもハルトさんの魔法を見たら、種族とかどうでもよくなった。彼なら人族でも関係ない」

「まぁ、そうだろうな」

ハルトは規格外のバケモノだ。俺もまだこの世界全てを見て回ったわけじゃないから、実はあいつ以上にもっと凄いのがいるかもしれない。だけど魔王を倒した英雄《ティナ先生》ですら逸らすのがやっとの魔法を使える時点で、リュカ《竜の巫女》の伴侶候補としては申し分ない。

「問題はルークと同じく、ハルトも人族だってことだな。数百年生きる俺たちと比べると人族の生きていられる時間は短すぎる」

「それもたぶん大丈夫」

「大丈夫って……」

俺はこの時、リュカが強がっているのだと思った。ハルトとの子を成せるのなら、竜の巫女としての責務は確実に果たせる。そのために自身の感情を抑え込もうとしているのだと。

「あんなに凄い魔法を使えるのだから、ハルトさんならきっと寿命もなんとかしてしまう」

「じゅ、寿命を？」

「入手は非常に困難だけど、ヒトの寿命を延ばせるモノは色々あるからね」

「なるほど。普通は入手困難なアイテムでも、ハルトなら可能だと」

「そう。でもそうすると、別の問題がある」

リュカが複雑そうな顔をしていた。

「ハルトさんはティナ先生のことが好きみたい」

「えっ。そ、そうなの!?」

「ティナ先生を見ている時、ハルトさんはすごく優しい目をしていたから」

出会ってまだ一日。クラスメイトたちと会話もそんなにしていない。それなのにリュカは、ハルトがティナ先生に好意を抱いていると感じ取ったようだ。

「確かに先生、すっげー美人だもんな。ハルトが惚れてたとしてもおかしくはない。それにリュカと違って胸も——」

「リューシン？　その先を言ったら、もうご飯代払ってあげないからね」

「姉上も十分魅力的です!!」

「あんたに言われると気持ち悪い」

とても冷たい目でリュカに睨まれた。褒めてもダメなのかよ。

「と、とにかく。本当にハルトが先生のことが好きだって言うんだったら、どうするつもりなんだよ。まさか先生と張り合うつもり？」

「……私じゃ、ティナ先生に勝てないよ」

そんなことはない！　って否定してやりたいけど、正直厳しいと思う。俺だってハルトが狙ってるって知らなきゃ、ティナ先生に何らかのアプローチをしていたかもしれない。まぁ、ライバルがハルトって時点で俺はすぐに諦めたけどな。

「やっぱりルークにしとく？」

「ううん。ハルトさんにする。私は、ハルトさんがいい」

「だーかーらー。そのためにはティナ先生っていう最強のライバルを」

「ライバルなんかじゃないよ」

「はい？」

「ライバルじゃない。だってハルトさんは、人族だもん」

ハルトが人族だから、なんだっていうんだ？

「その感じ、分かってなさそうだね。人族ってお嫁さんが何人いても大丈夫なんだよ」

「嫁が、何人も？」

「つまりティナ先生と一緒に私も、ハルトさんのお嫁さんになれる可能性があるってこと」

「えっ!?　そ、それって、ありなの？」

俺たち竜人族からすると、そんなことは絶対にありえない。一生を添い遂げる約束をした異性以外と寝るなんて考えられないんだ。これは女の竜人族だって同じはず。

「家族になる全員が認め合っていれば、特に問題はないみたい。変わった種族だよね、人族って。でもそのおかげで私は、竜の巫女としての務めを果たせそう」

「……なんかリュカ、ちょっと変じゃねーか？」

いつもの姉じゃない気がした。リュカがこんなにも色恋沙汰を楽しそうに話しているのを、俺は見たことがない。それに好きな人がいる男を狙いに行くような積極性はリュカらしくない。

「そうかな？　でも……。うん、そうかも。ハルトさんの魔法を見てから、彼のことを思い出すたびに胸の鼓動が高鳴って落ち着かなくなるの」

　両手で胸を押さえながら、リュカが頬を若干赤らめる。

「たぶん竜の巫女としての本能がハルトさんを狙えって言っているんだと思う。そのせいで私、もう意中の相手がいる彼のことを目で追うようになっちゃった」

「でも、そんなに嫌そうには見えないぞ」

「だってハルトさんもルークさんに負けないくらいかっこいいから。それに彼が笑ってるの、なんか可愛いなって」

　ハルトとルーク、それからルナは昨日の入学式の前から知り合いだったみたいだ。三人は教室で仲が良さそうに会話していた。その時ハルトが笑っていたことをリュカは言っているのだろう。女が男に対して『可愛い』って思うのが良く分からん。男はかっこいい方がいいだろ？

　男に可愛いさがあって、なんでモテるんだって思う。まぁ、それでもハルトが良いってリュカが言うなら、俺は止めることはしない。応援とか支援もしないけどな。きっとリュカも要らないって言うし。俺の役割は、リュカが伴侶を見つけるまでの護衛だ。

「それじゃ、狙いはハルトってことで」

「うん。竜の巫女の伴侶は強さが一番の条件だけど、私個人としてはもちろんかっこいいヒトと一緒になりたい。強くてかっこよくて可愛いハルトさんを狙います」

　あとはハルトの性格とかも大事なんじゃねーかな？　ま、その辺はリュカも気にかけるか。

　それにそんなに慌てる必要もない。この学園での生活は七年もあるんだから。奥手なリュカがどうやってハルトに近づいていくのか、俺はのんびり見守ることにしよう。

――＊＊＊――

イフルス魔法学園が管理する鋼の森で魔物を倒す授業があった。この森には危険度Cランクの魔物が出現する。Cランクの魔物って、普通は魔法学園の高学年が何とか倒せるくらいの強さ。だけど俺のクラスメイトたちはそんなのを問題としないくらい強い。魔物を狩るだけなら簡単すぎるということで、誰が一番魔物を倒せるか競うことにしたんだ。俺たちが怪我をするくらい強い敵なんてここにはいないはず。そう思っていたのに――

「我は魔人ヴァルフ」

俺とリュカの前に魔人が現れた。

「な、なんで私たちに攻撃してくるの!?」

「懐かしい魔力を感じたものでな」

こいつは百年前、俺の父が封印した魔人だった。その封印が解け、魔人は父の魔力を辿ってここにきたようだ。俺の魔力は父のと良く似ているらしい。そのせいで今、俺たちはピンチになっている。ドラゴンスキンが発動しているのに、俺の腕は魔人に容易く斬り落とされた。

「リ、リザレクション!!」

「ぐっ、す、すまない、リュカ」

リュカが俺の腕を再生させてくれた。だけどピンチなのは変わらない。こいつに勝つビジョンが全く見えない。逃げるのも不可能に思えた。ちなみに不可能ってのは、俺とリュカがふたりで無事に逃げること。俺の役割は、竜の巫女の護衛だ。命をかけて魔人を足止めし、その隙にリュカだけ逃がすことならできるかもしれない。くそっ。まだまだやりたいこと、たくさんあったのになぁ。でも竜人族の未来のため、竜の巫女《リュカ》だけは助けなきゃいけない。俺は自分の命を使い捨てる決意をした。

だけど魔人は、決死の覚悟を決めた俺ではなくリュカを先に狙った。腕を竜化させて魔人に殴りかかるが、俺の中途半端な竜化では魔人に傷を負わせることもできなかった。気づくと俺は地面に倒され、身動きができなくなっている。魔人の悪意がリュカに向けられた。

俺は自分のことを結構強いと思っていたんだ。竜人族の中でも希少な色竜に戻れる素質を持った存在だったから。自分の力を過信していた。だから余計に、護衛の役目を果たせず姉を助けられない己の無力が恨めしくなる。絶望で目の前が暗くなる。そんな時──

「な、なんだあいつは？　貴様らの魔法か？」

絶望を打ち消す存在が現れた。轟々と燃える炎の塊で構成された人馬一体の騎士だ。希望の光のように眩《まばゆ》く見えたそいつが、俺とリュカを守ってくれたんだ。しかし俺たちを襲っていたヴァルフは名を持つ魔人。名を名乗れるということは、邪神直轄の悪魔に付き従う上位魔人である証拠。そんな魔人に対して、炎の騎士一体では勝てなかった。再び俺たちに絶望が訪れる。

「あっ、あ、あ、あぁぁあ！」

でも俺たちより絶望したのは、ヴァルフの方だった。先ほど魔人を追い詰めた炎の騎士が、今度は五体になってやって来たんだ。

魔人ヴァルフは、五体の炎の騎士によって消滅させられた。魔人を倒すほどの強さを持った存在。だけど俺とリュカは、炎の騎士に対して恐怖心を抱かなかった。その身体を構成している炎から、知っている魔力を感じたからだ。炎の騎士たちは俺とリュカに何もすることなく、この場から去って行った。

「リューシン。あの炎の騎士って、もしかして……」

「たぶん俺も、リュカと同じことを考えてる」

それはリュカが『笑顔が可愛い』と言っていた男の魔力。人畜無害そうな顔をしているくせに、いざ魔法を発動させればとんでもない破壊を見せつけるバケモノ。さっきの炎の騎士はおそらく、ハルトの魔法だ。信じたくないけど、それ以外に考えられない。

「あれがハルトさんの魔法だとして……。ありえないよね、色々と」

「あぁ。一体を構成する魔力量が、竜化して魔力を底上げした俺の数倍はある」

「それにあの動き。自律行動する魔法とか、私はゴーレムぐらいしか知らなかった」

ゴーレムは魔石をコアにして、魔力のなじみやすい鉱物を用いて作った人工魔物。それと似た存在としてガーゴイルも一般的に知られている。どちらも硬そうな見た目をしているのが特徴。一方、俺たちのピンチを救ってくれた騎士は、身体が炎で構成されていた。そんなの、どう考えたってありえないんだ。どうやったらその場に高密度な炎をとどめておけるのか、今の俺には見当もつかない。

「しかも数体で連携して魔人を追い詰めていた」

「まるで意思があるみたいだったな」

一度放った魔法を操作できるってことは知っている。魔法って、途中で曲げたりできるんだ。もちろん俺はそんな器用なことできない。魔法は操作できるって知ってるだけ。あの炎の騎士は操作された魔法だとして、理解できないのはその自由度が高すぎるってこと。そもそもアレを操作している術士が周囲に見当たらない。あの魔法は自動で敵を認識して攻撃する上に、敵の反撃を見切って避けることもしていた。なんなら数体で連携もしてしまう。炎の騎士は、俺たちの常識ではありえない魔法だった。

その後少しして、魔人の出現を感じ取ったティナ先生が俺たちを迎えに来てくれた。

「リュカさん、リューシン君！　大丈夫ですか!?」

炎の騎士と魔人との戦闘で地面や木々が焼け焦げているこの場を見て、ティナ先生は激しい戦闘があったことを瞬時に把握した。

「ティナ先生！」

「先生、俺たちはなんとか無事です」

魔人の攻撃でできた傷はリュカが治療してくれた。服はボロボロのままだけど、痛い所とかはない。ほんとに竜の巫女の治癒能力ってすげーよ。

「あの、魔人の……。それもかなり強いのが現れた気配を感じたのですが」

「確かに俺たちは魔人に襲われました。でも倒したのは俺たちじゃない」

「突然現れた炎の騎士が魔人を倒してくれたんです」

「ほ、炎の騎士？」

ティナ先生もなんのことか分かっていない様子。

「たぶん、ハルトの魔法だと思うんだけど……」

「ハルト様──じゃなくて、ハルト君の魔法？　彼が炎属性の魔法を複数発動させたのは確かです。それが、騎士の形をした炎だったたってことですか？」

ティナ先生はこの広大な鋼の森全域をカバーできる魔力検知能力を持っているらしい。さすが世界を救った英雄のひとりだな。スペックが桁違いだ。ちなみにティナ先生は飛行魔法も使える。超高速で移動が可能だから、魔人が現れて俺たちがピンチだと分かればすぐに駆け付けてくれるはずだった。魔人級の魔力を持たせた炎の騎士をハルトが複数同時展開したせいで、魔人の出現に気付くのが遅れたんだとか。

「ティナ先生。ハルトはあの炎の騎士を何体くらい放ったんですか？」

できれば六体って言ってほしい。俺たちの目の前に現れた最初の一体と、その後の五体がハルトの魔法のすべてだと言ってほしかった。と言うよりあんな魔法、一体ですら意味が分からん。それが六体もいる時点で異常なんだよ。

「リューシン君が炎の騎士と呼ぶ魔法を、ハルト君は二十体作っています」

「に、にじゅう!?」

「あれを、二十体も……」

五体で魔人を討伐してしまう魔法を、ハルトは二十体この森に放ったらしい。あー、あれかな？　あいつはこの森の魔物を狩り尽くすつもりなんだ。そう言えばチームを作って、どこが一番魔物を狩れるか勝負をしようって提案したのは俺だった。この森の魔物たちに少し申し訳なくなる。


――＊＊＊――


リューシンたちが魔人に襲われた日の夜。

「ねぇ。そろそろ終わりにしたら？」

「あ、あと、もう少しだけ」

リューシンは右手一本で倒立し、身体を地面に対して垂直に保ったまま腕立てをしていた。

そんな彼を見ながら、呆れ顔のリュカが声をかける。

「再生してあげた腕が心配だから訓練に付き合っていたけど、これ以上無理するなら私はもう知らないからね」

リュカに夕飯を奢ってもらった後、リューシンは教室に併設された訓練所で筋トレを始めた。ハルトの魔法に感化され、もっと強くならなくてはいけないと焦っていた。竜の巫女であるリュカの護衛として十分な力を身につけるため。そして何より、自身のプライドのために。

「竜が最強なんだ。黒竜のドラゴノイドである俺が。俺が最強なんだ！」

いかにハルトがバケモノだとしても負けられない。負けたくないと思っていた。

「……はぁ。男って、ほんと馬鹿」

そう言いながらも、リュカはリューシンが疲労で動けなくなるまで訓練に付き添った。限界まで身体を酷使して倒れた彼を、リュカは寮まで引き摺って運んでいく。この場で魔法を使い、疲労を回復させてやることもできた。でもそれをするとリューシンが無理して筋トレを再開しかねない。

「無理するなって言っても、できないよね。今日すごいの見ちゃったから」

初めて魔法を見たときから、リュカはハルトを伴侶にしたいと考えていた。鋼の森での出来事を経て、その思いが強くなる。自尊心の高い竜族の男であるリューシンが、人族であるハルトに勝てないことを認められないことも理解できるのだ。

「明日からも訓練には付き合ってあげる。だから強くなりなさい。それで……。わ、私がハルトさんと結ばれるまでは、しっかり私を守ってね」

自分の体重の二倍近いリューシンを軽々と引き摺るリュカ。彼女も最強種族、ドラゴノイドである。そんなリュカがハルトと結ばれ、彼に守ってもらう未来を妄想して頬を赤らめていた。


――＊＊＊――

魔法学園に入学して半年後、俺たちは学園の行事としてエルフの王国《アルヘイム》に行くことになった。リファとティナ先生の故郷だ。ティナ先生の凱旋ってことで、ちょっとした騒動になった。英雄が国に帰ってきたから、急遽その伴侶を決める武闘大会が開かれることが決定した。もちろんそれにはハルトが異議を唱えた。エルフ王の取り計らいで、エルフ族以外も武闘大会に出られることになったんだけど……。俺は良かれと思って、とある提案をした。

「俺も大会出ようか？　その方が少しでも勝率上がるだろ」

俺が強くなるためにティナ先生の授業は必要だった。だから先生をこの国のエルフに取られないように提案したつもりだったんだ。でも俺は、すぐに自分の行動を激しく後悔することになる。

「やめといた方が良いと思う。ティナとの結婚がかかってるんだ」

ハルトから冷たい殺気が漏れ始めた。生物としての本能が危険だと告げてくる。まるで数千本の槍を向けられているような感覚に襲われた。

「大会で当たっても、手加減できないかも」

ヤバいヤバいヤバいヤバい！　ヤバすぎる!!　身体に刺さるハルトの殺気が痛い。も、もしかしてこいつ、俺が大会に出るのはティナ先生と結婚したいからだと思ってるのか？　だとしたらヤバい。早く誤解を解かなければ、俺がハルトに消される。

「よ、よし。俺は出るの止める」

「うん。そうしてくれると助かる。応援よろしくな」

ハルトから発せられていた殺気は、いつの間にか消えていた。

ティナ先生と結婚する者を決める大会で、ハルトが優勝した。圧勝だった。決勝でハルトと戦ったサリオンという執事エルフは魔法の発動速度も威力も他の大会参加者たちとは別格だったけど、それでもうちのバケモノには手も足も出なかった。闘技台の周囲には観客に被害が出ないよう、王都の防壁にかけられたのと同じ強度があるという魔法障壁が展開されていた。それをたった一発のファイアランスで破壊したハルト。サリオンはそのファイアランスを避けたのだが……。次は避けられないようにと、ハルトが闘技場の空を埋め尽くすほどの炎の槍を創り出したんだ。それを見て、サリオンは負けを認めた。あれはどうしようもないと思う。

もし俺が大会に出ていたら……。もし俺があの大量のファイアランスを見ても負けを認められなければ、ハルトは躊躇なく俺を攻撃するだろう。そんな気がする。

優秀な先生がいることと、クラスメイトがみんな凄くて励みになる。魔法学園に入学してまだそんなに経ってはいないけど、俺はだいぶ強くなれた。ハルトに負けないようにと日々の自主鍛錬も続けている。それが災いして、俺は中途半端な防御力を身につけてしまった。中途半端っていうのは、魔人の攻撃を一発くらいなら耐えられる程度。普通に考えたらその防御力ってかなり凄い。だけどハルトが『強くもなく、弱くもなく。力加減がめんどくさいなー』くらいの感覚で放つ魔法には耐えられない程度の防御力。まぁ、耐えられないと言っても無傷じゃないだけで、死ぬことはない。ハルトがそれなりの力を込めた魔法をくらっても、俺は死なないと分かった。それがハルトに知られてしまった。以来ハルトは、俺を魔法訓練に誘うようになった。

『リューシン。今日も魔法の訓練に付き合ってくれ！』

『新しい魔法を思いついたんだ！　ちょっと訓練所いこーぜ。リューシン』

『なぁ、リューシン。今日も頼むよ』

『もう怪我は治ったの？　さすがリュカ。それじゃ今日も大丈夫だね』

『リューシン、完全に防御できるようになったな！　もう少し威力を上げてみるよ』

『えっ、限界？　いやいや、リューシンなら大丈夫。まだいけるって！』

今振り返ると、地獄のような日々だった。何回かはハルトを半殺しにしようとして全力で反撃したこともある。だけど無駄だった。あいつには俺のどんな攻撃も当たらなかった。俺がハルトの攻撃を受けることの方が圧倒的に多かったから、攻撃力より防御力の方が成長した。

武闘大会決勝の話に戻ろう。ハルトがサリオンに向けた千発のファイアランス。あの時の相手がサリオンじゃなく俺だったら、ハルトは面白がって撃ってくると思う。俺はたぶん、百発くらいなら耐えられる。そんで俺が本当にヤバくなりそうなら、途中で攻撃を止めてくれる。いつもそうだから。もちろんハルトの攻撃は痛いし、怖い。できれば受けたくない。だけど昔は一発すら耐えられなかったハルトの魔法を、今は百発くらいなら受けても大丈夫だなって思えるようになった。ハルトに殺されかける度に、リュカが俺を完全回復してくれた。死にそうになるのと回復を繰り返していくうちに、竜人族特有の防御スキルであるドラゴンスキンが鍛えられ、俺はどんどん防御力が上がっていったんだ。ハルトとの地獄のような訓練の日々は、無駄ではなかった。可能ならもう少しだけ優しさとか思いやりを持ってくれると助かるが……。

　ハルトは武闘大会で優勝してティナ先生と結婚した後、リファとも結婚することになった。やっぱハルトは色々とおかしい。なんで美女エルフを立て続けに娶れるんだよ。しかもリファは、この国《アルヘイム》の姫だぞ？　俺の姉もハルトを狙ってるし……。あとハルトはマイとメイって言う精霊の姉妹と召喚契約を結んでいて、九尾狐のヨウコとは主従契約を結んだらしい。その三人とは結婚していないけど、どうやらハルトの屋敷で一緒に生活しているみたいだ。何だよ、それ。ハーレムじゃねーか！　ま、まぁ俺は竜人族の男だから、伴侶はひとりで良い。たったひとりで良いんだ。

　ここで俺のクラスメイトを振り返ってみよう。十人のクラスで、男は俺とハルト、ルークの三人。残りの七人が女子だ。この女子たちは魔法学園全体で見ても綺麗どころが揃ってると思う。もし可能ならクラスメイトの中で彼女を作りたい――実は初顔合わせの時からそんなことを考えていた。リュカは俺の姉だから除外すると、女子は残り六人。リファが結婚しちゃったから、残り五人。ヨウコとマイ、メイがそれぞれ契約を結んでハルトと一緒に暮らしている。俺が付け入れる隙なんてなさそうだから、女子は残りふたり。人族のルナと、獣人族のメルディが残った。ただルナは、入学時からハルトと仲が良いっぽいんだよなぁ。……あ、あれ？

　てことは俺に残された希望って、メルディしかない？　いや、逆に考えれば希望が残されていて良かった。魔法学園では珍しい獣人族のメルディは、俺と同じ戦闘系魔法職。一緒に魔法の訓練をすることもあるし、女子に慣れてない俺でも彼女となら普通に会話ができる。メルディは活発でいつも明るくて、一緒にいると楽しい。笑顔が可愛いのもポイントだな。それと獣人って強い奴に惹かれる種族だから、俺にもチャンスがあるんじゃないか？　少なくとも今の俺はメルディより強い。ひとつ問題があるとすれば、クラスメイトに俺より強い奴がいることと。でもこの頃の俺は、割と悠長に考えていた。

「七年もあるんだし、これから仲良くなればいいよな」

ティナ先生を含めると五人の美女に囲まれたハルトが、これ以上クラスメイトに手を出すなんて流石にないだろうって思ってしまったんだ。

アルヘイムにやって来て三週間が経過した頃。

「……ヤバいな」

「あぁ」

ルークが遠くを眺めながら呟いた。俺はそれに同意する。『ヤバい』としか表現できない絶望的な光景が目に入っていたからだ。

「魔人をたった五体で倒す炎の騎士が千体。あれが攻めてきたら、アルヘイムはなくなるんじゃないか？」

ハルトが千体の炎の騎士を創り出し、アルヘイムに侵攻しようとしていた。ハーフエルフのティナ先生と、アルヘイムの姫であるリファと結婚したハルト。どうしてそんな奴が裏切りみたいなことをするのかって？　今のあいつ、洗脳されてるんだ。武闘大会でハルトが初戦で圧倒したエルフの国軍大将が謀反を起こし、人族の軍隊を呼び込んだ。それでアルヘイムとアプリストスっていう人族の国とで戦争が始まった。国軍大将がアルヘイムから逃げる時、ハルトに『隷属の腕輪』っていう洗脳の効果がある魔具を付けたらしい。だから今、ハルトが俺たちの敵になっていた。

「かつての魔王が従えていた魔人が、確か二十人だろ？　てことは、あそこに魔王軍十個分の戦力があるんだ。アルヘイムどころか、世界の終わりだよ」

「ま、まじか」

ルークの言葉で気づかされる。敵になったハルトは、魔王以上にヤバい存在であるということを。てか、魔王軍十個分の戦力ってなんだよ!?　ガチでこの世界が終わるぞ！　ちなみに悪い情報はこれだけじゃない。この国に加護を与えている風の精霊王シルフも敵になった。ハルトがマイたちと同じように、精霊王シルフとも召喚契約を結んでいたからだ。シルフだけじゃなく、火の精霊王イフリートだったり、水の精霊王ウンディーネともハルトは契約を結んでいたりするらしい。でもその辺まで考えはじめると絶望が深すぎて思考が停止してしまう。だからあんまり気にしないことにした。今考えなきゃいけないのは、どうやってハルトから逃げるか。

「もう、ハルトの居ない国に逃げ続けるしか」

「あいつ、転移使えるぞ？」

「あっ」

そうだった。ハルトは転移魔法が使える。異世界からやって来た勇者の中に稀に使える者がいる超レアな転移というスキルを、ハルトは有り余る魔力で強引に魔法として再現しているようだ。つまりハルトからは逃げられない。あいつがその気になれば、この世界のどこに逃げても瞬時に追いつかれてしまう。魔王軍十個分の戦力を持った大魔王がどこまでも追いかけてくる。絶望しか見えなかった。

「こんなことになるなら、完全竜化できるようになっとくべきだったなぁ」

ハルトが敵になるって想定をしたことはなかった。あいつは最強のバケモノだけど、ずっと俺たちの味方でいてくれると思い込んでいたんだ。洗脳されて敵になるなんて考えたことなかった。ハルトに敵対するつもりはないというアピールの意味で、俺はヒト形態のまま強くなる道を選んだ。完全竜化したら、それって魔物になるってことだからな。魔物になった方がハルトは俺を容赦なく攻撃してくるんじゃないかって危惧していた。でも単純に逃げることだけを考えると、移動速度が格段に向上してスタミナと防御力も上がる竜形態の方が有利だ。少しでも生き延びられる可能性が増える。リュカを守れるかもしれない。

「なぁ、ルーク」

「ん、どうした？」

「もしこのピンチを切り抜けられたら俺、竜化の訓練も頑張るよ」

「そ、そうか……。頑張れ、リューシン」

立てちゃダメなフラグだって分かってる。でもあまりに絶望的な状況がヤバ過ぎて、俺は現状よりも先のことを考えることにしたんだ。絶望しすぎると身体が動かなくなるから。

その後ハルトを奪還しようとして、ティナ先生やサリオン、ルークと共にアプリストス軍に突撃した。だけど普通に失敗した。ハルトの防御魔法が強すぎて、ティナ先生《最強の魔法剣士》の攻撃であっても隷属の腕輪を破壊できなかったんだ。しかも俺たちの突撃で危機感を覚えた元国軍大将が、ハルトに防御用の炎の騎士を増やすように命令したらしい。千体だった炎の騎士が一万体に増えた。つまり魔王軍百個分の戦力が敵になったってこと。もうこの世界、本当に終わりだと思う。

なんやかんやで世界は終わらなかった。ハルトは洗脳なんかされていなかったんだ。

「リューシン、すまん。作戦を伝えるの、忘れてた」

笑いながらハルトにそう言われた。本当に忘れていたのかどうかは怪しい所だ。あいつは俺を弄って面白がるところがあるから、わざと俺にだけ伝えていなかったんだろうって思う。ちなみにハルトの作戦って言うのは、元国軍大将を唆《そそのか》していた悪魔を逃がさないようにするためだったらしい。うちのバケモノにかかれば、悪魔ですら敵じゃないってことが判明した。でもまぁ、そりゃそうか。悪魔が邪神の加護を受けて魔王になるんだから、その魔王の軍隊百個分の戦力を持つハルトにとって、悪魔はなんとでもなる存在なんだ。

「無事にピンチを切り抜けられたわけだけど、今後は竜化の訓練もする？」

ルークに聞かれた。こいつもハルトが洗脳されてないって知ってたから、俺が絶望してるのを面白がって見ていたんだろうって思うと少しムカつく。

「おう。見てろ。最強の黒竜になってやるからよ」

俺だけが本気で絶望していた。ハルトが敵になるってことの恐怖を、俺だけがリアルに感じた。今回は洗脳されたフリだったけど、次もそうだって言い切れるか？　いつまでもハルトが味方でいてくれるのか？　悪魔すら相手にならない力を持ったあいつが。その気になればなんでも成し遂げられるハルトが、ずっとヒトの側にいるなんて保証はどこにもないじゃないか。

だから俺は、強くならなくちゃいけない。


――＊＊＊――

俺やリュカを含め、クラスメイト全員が無事に進級して二年になった。一年の時にアルヘイムで一か月滞在した時のように、今年もグレンデールから出て他国で一か月間過ごさなければいけない。今回は獣人の王国ベスティエに行くことになった。メルディの父親が危篤だって連絡があって彼女が国に帰るから、俺たちもついて行くことになったんだ。しかしグレンデールからベスティエまでは、どれだけ頑張って移動しても十日以上かかる。俺が完全竜化できれば、メルディを背に乗せて数時間で移動できたかもしれない。でも、まだダメなんだ。アルヘイムから帰って来て以来、俺は竜化の訓練も欠かさず行ってきたが……。あと少し。何かが足りなくて、俺はまだ完全竜化ができていなかった。

　俺はメルディの役に立てなかった。秘かに彼女を狙っていた俺は、メルディに良い所を見せるチャンスを逃したわけだ。逆にこのチャンスをものにした奴がいる。どれだけ離れた距離でも、一瞬で移動できてしまう転移魔法を使える男。

「ベスティエには行ったことがあるから、今すぐにでも行けるよ」

　サラッと凄いことを言ってのけたのは、俺の最大のライバルだった。

「ハルト、ありがとにゃ！」

　メルディがハルトに抱き着いて、その頬を舐め始める。ちょっと──いや、かなりイラっとした。俺が完全竜化できていれば、そこでメルディに抱き着かれていたのは俺だったかもしれないのに！

「それじゃあ、行こうか」

　ハルトはメルディの手を握り、ベスティエに転移していった。恋人繋ぎだった。俺はハルトが転移する時、魔法陣をくぐるだけで良いって知っている。なんでだ！　なんで手を握る必要があったんだよ!?　俺だってメルディと手を繋ぎたい!!

「あんた、何イライラしてるの？」

「……別に。なんでもねーよ」

イラついているのがリュカにバレた。俺はまだ姉にもメルディを狙っているって教えてない。そもそも俺は、本当に彼女が好きなのか？　美女揃いのクラスメイトで唯一希望が残されているのがメルディだから、俺の彼女になってくれたら嬉しいな――くらいに考えていたんじゃないのか？　でもハルトの頬を舐めるメルディを見て、すごく嫌な気分になったのは間違いない。彼女の手を握ったハルトが許せない。

あー。俺、たぶんメルディが好きだ。

俺は自分の気持ちに気付いた。それと同時に、なんとしてもハルトにメルディを奪われたくないと強く思うようになった。

メルディの父親は獣人族の王だった。その獣人王が魔人に呪いをかけられたのだという。しかもその魔人はまだ生きていて、ベスティエに再度攻撃を仕掛ける可能性があったらしい。だけど俺たちがベスティエに到着した時には、それらの問題は全て解決済みだった。獣人王の呪いは解かれ、魔人は討伐されていた。そのどちらも、やったのはハルトだ。あいつは悪魔でも相手にならない大魔王級のバケモノなんだから、魔人が瞬殺されても当然だと言える。まぁ今の俺なら、魔人くらいは簡単に倒せるけどな。しかし魔人を倒してメルディに良い所を見せる機会は、完全に奪われてしまった。くそぉ、ハルトめぇぇ！　お前、ぜってー許さねーからな。

武神武闘会って言うのが開催されることになった。優勝者はこの国の王になれるらしい。それから俺は偶然、メルディのこんな発言を聞いてしまった。

『ウ、ウチより強い男だったら……その、娶《めと》られてやってもいいにゃ』

この瞬間、俺が武神武闘会に参加することが確定した。問題はハルトも出場するということ。さらに獣人王の呪い解く時になんやかんやあったらしく、ハルトが優勝したらメルディと結婚する流れになっているという情報も入手した。だから俺は何としても武神武闘会でハルトに勝ち、優勝するしかなくなったわけだ。よ、よーし。やってやるよ。やってやろうじゃねーか！


武神武闘会の予選は難なく突破した。頑丈な的を破壊するのが課題だったわけだが、身体の関節部を重点的に竜化する術を身につけていた俺にとっては容易なことだった。破壊率が大きかったこともあり、武闘会本戦ではシードになった。勝ち進めば準決勝でハルトと戦うことになる。願ってもない、最高のシチュエーションだ。最大火力では到底ハルトに敵わないが、魔法を組み込んだ体術とスピードには自信がある。さらに武神武闘会では相手を闘技台の外に落としても勝ちになるんだ。手数で翻弄しつつ、隙を見て俺の最強の一発を喰らわしてやるぜ。


「……いや、それはダメだろ」

思わず声が漏れた。第二回戦で、ハルトが覇国を使おうとしていたからだ。覇国ってのは成人男性の身の丈ほどある大剣だ。この剣でハルトが山を斬ったことがあるのを俺は知っている。オリハルコンでできたゴーレムの腕を斬り落としたのを見たことがある。ガチでヤべぇ大剣なんだ。それを対人戦闘で使う？　ふ、ふざけんなっ!!

「この国の獣人を切り刻みたいのか？」

獣人王にも諭されていた。

「大丈夫だって。峰打ちするから」

なんにも大丈夫じゃねーよ！　両刃の剣のどこに峰があるんだよ!!　できて平打ちだろーが！　つっても、平打ちでもヒトを容易く叩き潰せそうなんだよな……。

その後、獣人王が説得を頑張ってくれてハルトは覇国を使わないことになった。その代わりにハルトが手にした真っ黒な木刀からは、なんとなくヤバい感じがした。でも刃がないわけだし、アレの攻撃なら俺のドラゴンスキンでなんとかなりそうな気がする。

獣王兵っていう結構強い獣人たちもいたけど、日常的にバケモノ《ハルト》を相手にしている俺の敵ではなかった。順当に勝ち上がり、準決勝まできた。対戦相手はもちろんハルトだ。

「ハルト。お前は、覇国の使用禁止な。それから、炎の騎士は同時に出していいのは五体まで。これでどうだ？」

対戦前に交渉を持ちかけた。俺が死なないようにするため、この条件を認めさせるのが最低条件だ。俺はまだ死にたくない。

「あと俺がもしハルトに攻撃を当てて少しでもダメージを入れられたら、その時点で俺の勝ちってことで！」

これはハルトに勝つための条件。このくらいでなきゃ、俺が大魔王《ハルト》に勝てるビジョンなんてこれっぽっちも見えなかった。

「この条件を呑めないなら俺はこの試合、棄権する！」

「アホか!!」

俺は何ひとつふざけたことを言っていない。本気なんだ。

「俺は自分の命が惜しい！　魔人を多数引き連れて、伝説の武器を持った魔王に、生身で勝てるわけないだろ!!」

恥とか思わない。それくらいハルトは強いから。実を言うと、炎の騎士が十体くらいなら何とかなりそうな自信があった。マージンを持たせて交渉することで、ハルトには俺の全力が炎の騎士五体分だと思わせるんだ。これまでの訓練時にも、そのくらいの実力だって思わせるようにしてきた。本当はちょっと訓練で楽をするためだったんだけど……。すべては今日、ハルトに勝つための作戦だったってことにしておこう。

「分かった、その条件を呑もう」

――――っ!!　き、きたぁぁあ！

「い、いいのか!?」

一応確認するけど、ハルトが一度出した言葉を曲げる奴じゃないってことは良く分かってる。だから大丈夫だ。これで俺に、勝機が見えた！

ハルトとの対戦が始まった。

「俺の提示した条件を呑んでくれたからな、炎の騎士を出す時間くらい待つぜ」

俺に有利すぎる条件で勝ったところで、メルディに良い所を見せられない。ハルトが負けても仕方なかったって思われてしまうと困る。だからあえて先手は譲ることにした。

「じゃあ、遠慮なく」

ハルトが少し深く呼吸した。

「ファイアランス！」

炎の騎士が五体現れる。よーし、やってや――

「ウォーターランス！」

「えっ？」

あの、ハルトさん。どうして水でできた騎士を出したんですか？

「ウィンドランス！」

「ちょっ」

つ、次は風の騎士？　もしかして……。炎属性以外でもいけちゃう感じ？

「サンドランス！　サンダーランス！　ライトニングランス！　ダークランス!!」

あー。はいはい。そうだよね。炎と水と風属性がいけるからね。そりゃあ、土と雷と光と闇もいけちゃいますよねー、って――

「はぁぁぁあ!?」

ハルトお前、何してんだよ！　約束と違うじゃねーか!!

ちょっと振り返ってみる。

『炎の騎士は同時に出していいのは五体まで』

……あ、あれ？　確かにハルトが出したのは、炎の騎士が五体だ。約束の内容的に問題はない。別属性の騎士について俺は、何にも触れてなかった。そもそもハルトが炎の騎士以外にも魔法の騎士を作れるなんて知らないんですけど!?

「準備はいいか？　リューシン」

とても良い笑顔の大魔王《ハルト》が、俺に攻撃を開始しようとしていた。

「よ、よくない！　まだダメ、止めて!!」

「よし、行け！」

ダメだって言ってんじゃねーか!!

七属性の各五体。計三十五体の魔法の騎士が、俺に突撃してきた。

「おぃぃぃ、無理だって！　死ぬ、死ぬって!!」

全く手加減を感じない。一体一体が、本気で俺を殺《や》りにきている。

「ざけんなっ!!」

こんなところで死んでたまるか！

俺は超高速で距離を詰めてきた光の騎士の攻撃をギリギリで躱し、竜化した爪でその首を刎ねた。ハルトの炎の騎士に物理攻撃が効かないってことは、これまでのあいつとの訓練で把握している。だから爪には魔力を纏わせていた。こうすることで俺の攻撃は、魔法の騎士にも有効打となるんだ。逆に言えば、常に魔力を纏い続けた状態で戦わなければいけない。これがかなり厳しかった。一瞬でも魔力が切れると、俺の攻撃は意味をなさなくなる。

数体の騎士が同時に攻めてきた時、そいつらを纏めて倒してやろうとタイミングを計って回し蹴りを繰り出した。攻撃の速度もタイミングも完璧で、六体の騎士を纏めて倒せたと思ったのだが――

「ちょ、やばっ」

俺の蹴りは騎士たちの身体を素通りした。蹴りの速度とタイミングに集中しすぎて、足に魔力を纏えていなかったんだ。俺は攻撃をスカしたが、幸いにも騎士たちからの攻撃は来なかった。俺の攻撃で破壊されなかったことに戸惑っていたようだ。

「せい！　はっ!!　うおりゃぁ!!」

爪での三連撃で近くにいた炎の騎士二体と、土の騎士一体を倒した。周りの騎士から反撃が来たので、一旦距離をとる。やっぱり、足より手での攻撃の方が安定するな。きっと足での攻撃の方が強力だけど、今は確実に数を減らせる方を選択すべきだと考えた。残る魔法の騎士は、およそ二十体。手足がもげている奴も何体かいる。それにハルトが追加の騎士を出すような素振りは見せていない。このままいけば全滅させることも可能だろう。いや、全滅なんてさせなくても、もう少し数を減らしたらハルトを直接狙ってしまおう。僅かでもダメージを与えれば俺の勝ちなんだから。

俺は自分の成長を感じていた。それと同時に、初めてハルトに勝てるかもしれないという高揚感もあった。戦闘開始時に焦っていた俺を見て、きっとハルトは油断していると思ったんだ。

「リューシンも良い動きするようになったな。流石だ」

ハルトが急に俺を褒めてきた。べ、別に男のお前なんかに褒められたって、これっぽっちも嬉しくねーよ。全然テンションとか上がんねーし。

「ふんっ。このくらい、当然だぜ」

「そうか……よし。たまには手動操作してみようかな」

「手動操作？」

「そこの騎士、こっちに来てくれ」

呼ばれた炎の騎士がハルトの前に移動する。そいつは俺が両腕を斬り落としてやった騎士だ。いったい何をするつもりだろうと思いつつ見ていると、ハルトが炎の騎士の身体に触れて両腕を再生させた。ほかの騎士は片腕だけが槍になっているのだが、再生されたそいつは両腕が槍になっていた。あと、全体的にフォルムが変わったような気がする。なんていうか、強化された感じ。上半身のヒト型をした部分の筋肉が膨れ上がり、下半身の馬の部分は速さを追求して無駄をそぎ落としたような形状になった。

「俺がこいつらを手動で操作すれば、速度も攻撃力も二倍になる」

「えっ」

「でもそれだけじゃ今のリューシンには勝てなさそうだから、ちょっと強化もしてみたよ」

俺は忘れていた。ハルトが、真正のドSだってことを。

強化された炎の騎士に加えて、残りの騎士たちも俺に攻撃を仕掛けてくる。

「ひぃぃ！」

自分でも信じられないくらい情けない声が出た。強化された炎の騎士が速すぎる。攻撃力も上がっているらしいが、それは実感しない。というか実感できない。元より攻撃を喰らえば即アウトだから、何とかすべての攻撃を避け続けてきたんだ。しかしそれも……もう、限界。

「く、クソがぁぁぁぁぁぁあ!!」

疲労で足がもつれた。終わりだ。もう攻撃を避けられない。俺はまもなく死ぬ。でもリュカがそばにいるから、きっとすぐに蘇生してくれるだろう。まさか初めての死が、クラスメイトの魔法によるものになるとは。痛みと死を覚悟した、まさにその時——

「リューシン！　ガンバにゃ!!」

俺とハルトの対戦を観戦している数万人の獣人たち。彼らの大きな声援の中から、俺はひとりの女の子の声を聞き取った。メルディだ。メルディの声だ！　彼女が俺を応援してくれている!!　俺はメルディと一緒に、炎の騎士を倒す訓練を行ってきた。彼女は俺と同じく、ドSなハルトが行う訓練の犠牲者なんだ。いつも応援しあい、互いを奮い立たせてハルトの訓練に臨んできた。

「立つにゃ！　リューシン、まだ諦めちゃダメにゃ!!」

数万の声の中から、メルディの声だけがはっきりと聞こえる。心が熱くなった。彼女が俺に諦めるなと言っている。負けるなと。俺に、勝てと言っているんだ。

「こんなところで、死んでたまるかぁぁぁぁぁあああ！！！」

身体の奥が熱くなる。まるで内側からはじけようとしているみたいだ。俺は直感で、はじけようとする身体を抑えないことを選択した。

感じたことのない全能感に浸る。今ならなんだってできそうだ。

強化された炎の騎士が俺に向かってくるが……。

お、遅い。なんだこのクソ遅い攻撃は？

横にズレて攻撃を躱す。それと同時に腕を振って騎士の首を刎ねた。軽く振ったつもりの俺の腕から斬撃が飛び、周囲にいたすべての魔法の騎士を切り刻んだ。俺の腕は、ヒトのモノではなくなっていた。腕だけでなく、身体すべてが別物になっている。それは悪魔すらものともしない最強の魔物。破壊の化身、黒竜。俺はついに、完全竜化を成し遂げた。

「リューシン、なのか？」

「あぁ、そうだ」

「お前はまだ、完全竜化はできなかったはず……。突然、なんで？」

「あまりにも理不尽な力、暴力に晒され、俺の中に眠る竜の血が無理やり叩き起こされた」

嘘だ。本当はメルディの声援のおかげ。彼女が俺に諦めるなと言ってくれたから。俺の勝利を望んでくれたから、俺は黒竜に戻ることができた。あとは勝つだけ。ハルトに勝って、俺はメルディと結婚する！

「ハルト。今度はお前が、理不尽な暴力に怯える番だ！」

ただ勝つだけでは面白くない。今まで俺たちに鬼畜な訓練をやらせてきた仕返しをさせてもらおう。仮に死んでしまっても大丈夫。リュカがいるからな。もしやりすぎちゃったら、蘇生してくれるようリュカに頼んでやるからよ。これまでの俺とメルディの恨み、まとめて喰らえ!!

「圧倒的な強者に、絶え間なく攻め続けられる恐怖を感じろ!!」

全力でダークブレスを放つ。危険度Aランクの魔物数百体をまとめて消滅させられる威力のある攻撃だ。もっとも敵は、あの大魔王ハルト。これくらいじゃ死なないだろう。だが俺だって、ダークブレスをまだ数十発は放てるから——

「なっ!?」

信じられないことが起きて自分の目を疑った。ハルトが片手でダークブレスを空に弾き飛ばしたんだ。ブレスを耐えるとかならまだ分かる。でも色竜の最強の攻撃であるブレスを素手で弾き飛ばすって、そんなこと可能な人族がいるのか？　いや、そんなバケモノ存在して良いわけがない。だってそんなのが存在したら……。

「固まってる余裕なんてあるのか？」

いつのまにかハルトが目の前にいた。次の瞬間、とてつもない衝撃が俺を襲う。なんとか闘技台から落ちるのは免れたが、全身が砕けそうなほど痛い。どうやら俺はハルトに殴られたみたいだ。でも人族の拳ひとつで黒竜の俺が吹き飛ばされるなんてあり得るのか？

「な、なんでだ？　俺は破壊の化身、黒竜なんだぞ!?　なんで俺が――」

「お前は怒りで完全竜化したせいで、暴走してるんだよ。真の黒竜なら、こんなに弱くない」

「えっ」

よ、弱い？　俺が、弱い、だと？

「だけど安心しろ。今すぐ俺が、止めてやるから」

「お、俺……。正気ですけど？」

俺は暴走なんかしてない。それに完全竜化した時のなんでもできそうな全能感。あれは俺が完璧な竜に戻れた証《あかし》だと思っていた。まだ成体ではないが、それでも俺は真の黒竜に戻ったはずなんだ。きっとハルトが間違ってる。あいつに吹き飛ばされたのはたぶん、俺が油断していたから。そうに違いない！　そんなことを考えていたら、ハルトの身体が輝きだした。なんか神聖そうな光の鎧を纏ったハルト。俺はその鎧から、とても嫌な気配を感じ取った。

「ハ、ハルト。ちょっと待て！　なんだそれは!?」

「君の弱点の光魔法だよ。今からこれで殴るけど、少し痛いかもしれないから、全力でガードするか避けることをオススメする」

ハルトが俺に向かってゆっくり歩いてくる。言いようのない恐怖を感じる。気づけば身体が勝手にガクガクと震えていた。

「止めろ！　ここ、こっちに来るな!!」

あの状態のハルトを近づけちゃダメな気がした。腕を振って魔力を纏った斬撃を飛ばす。完全竜化した状態での斬撃だ。オリハルコンですら切り裂けると思う。俺の斬撃は闘技台を深く抉りながらハルトに到達した。よし！　殺《や》ったか!?

闘技台の破片などが舞い上がり、ハルトがどうなったのか見えない。視界が晴れたとき、そこにハルトはいなかった。

「ごふっ!?」

衝撃があって横方向に少し吹き飛ばされる。俺の横腹をハルトが殴ったんだ。動きが全然見えなかった。痛すぎる。ヤバい。とりあえずハルトがいる方に尻尾を全力で振って牽制しようとするが——その反対側から衝撃がやって来た。いつの間にかハルトが俺の身体の反対に回り込み、牽制しつつ距離をとろうとしていた俺の巨体を足で止めたんだ。その足が俺の身体から離れ、振りかぶられる。最初に殴られた時以上の衝撃に襲われた。ハルトが俺の巨体を蹴り上げた。

「ふ、ふざけんなっ！」

全身の骨が粉々になっていそうなくらい痛い。でも俺はメルディのために負けるわけにはいかない。ここが踏ん張りどころだ。翼を広げて滞空した。黒竜なんだよ、俺は。空も飛べるし、飛行速度は最速の白竜に次いで全魔物中で二番目。加えて俺はハルトが空を飛べないことを知っていた。昨年アルヘイムに行った際、クラスメイト全員が空に投げ出されるってことがあった。飛行能力を持つ者がそうじゃない仲間を助けていたが、ハルトだけが落下していった。みんなハルトなら空くらい飛べるだろうって考えていたんだ。でもあいつは飛べなかった。だから俺が滞空し続けて、空からブレスを放ちまくれば勝機も――

「見下ろしやがって。頭が高い！　なんてな」

「は？」

ハルトが俺の上空にいた。い、いつ移動したんだ？　声に反応して俺が上を見るまで、お前は確かに闘技台の上にいたじゃないか！　い、いや、それ以前にハルトさん。もしかしてそれ、空を飛んでませんか？　明らかにハルトが滞空していた。そしてその右手に膨大な魔力が凝集されているのが見えた。

「俺、まだあまりうまく飛べないからさ。下に降りて戦おうよ」

本日最大の衝撃が俺を襲った。ハルトが俺を下方向に殴りつけたのだと思う。速すぎて見えなかったから、予想でしかない。飛ぶのが慣れてないとか言いつつ、黒竜《俺》が目で追えない速度で飛んでくるのはマジでヤバくねーか？　そんなことを考えていると、闘技台にたたきつけられた。

それからはあまり記憶がない。ひたすら殴られた。必死に反撃しようとしたが、あの光の鎧を纏うハルトが速すぎて俺の攻撃は一発も当たらなかった。

「……こ、ここは？」

白い天井が見えた。

「あら。起きたの。思いのほか回復が早かったね」

椅子に座って手に本を持つリュカがいた。俺の顔をチラッと見て、本に視線を落とす。どうやら俺は医務室のベッドに寝かされていて、リュカが付き添ってくれていたようだ。

「あんた、ハルトさんに負けたのよ」

「お、俺が、負けた」

「そう。完全竜化はできていた。それでも恐怖と怒りで暴走して黒竜に戻ったのだから、全力は出せなかったのでしょう？　負けても仕方ない。もし次があれば、その時は頑張りなさい。それからヒトの身体に戻してくれたハルトさんに感謝しておくべきね」

リュカの目にも俺が暴走して完全竜化したように見えていたのか。メルディの声援のおかげで暴走せずに完全竜化ができたってことは黙っておこうかな。話したら茶化されそうだ。

「ちなみに俺、どのくらい寝てたんだ？」

「そんなに長くはない。あ、でも、メルディさんと獣人王様の準決勝は終わっている。決勝はハルトさんと獣人王様の戦いになった」

「……そうか」

俺、ハルトに負けたんだな。メルディに応援してもらったのに。急に視界がぼやけた。勝手に涙があふれてきて止まらない。

「私は先に戻ってる。もう身体は大丈夫よね？　ここでゆっくりして、落ち着いたら来なさい」

リュカが医務室から出ていった。武神武闘会の決勝と言うことで、本来はここで怪我人の治癒にあたるはずの獣人とかも全員が観戦に行っているようだ。ひとりになった医務室で、俺は初めて声を上げて泣いた。

悔しいがハルトは強い。今のあいつがどのくらい強いのか見極めるため、この国最強の獣人である獣人王との戦闘は見なければいけない。俺と獣人王のどちらが強いのかも気になる。クラスメイトがいる観客席に向かっている途中。

「あっ！　リューシン。お疲れにゃ」

メルディがいた。俺をみんながいる席まで案内してくれるようだ。

「メルディ、ごめん……。俺、勝てなかった」

「なんでリューシンがウチに謝るにゃ？」

なんで、って……。だってメルディ、俺を応援してくれただろ？　優勝した者と結婚するって大会で、俺を応援してくれたじゃないか！　つ、つまり、そういうことだろ!?

「一緒にハルトの訓練を受けた仲だから、できれば一矢報いてほしかったにゃ。でもやっぱり、ハルトは強いにゃー」

そう言うメルディは頬を赤らめながら、自身の横髪を指でクルクルと弄り始めた。

「で、できればお父様にも勝ってほしいにゃ。ボッコボコにしちゃってほしいにゃ。そんでもし、ほんとにハルトが優勝したら、ウチはハルトの――」

メルディがハッとして俺の存在に気付いた。ちょっと自分の世界に入り込んでいた様子。彼女の願望が漏れていたということは、女心に疎い俺でも分かった。

「ほ、ほら、リューシン。もう対戦が始まるにゃ。早く行くにゃ！」

「……おう」

ワクワクしている感じを体中から発しながら、軽い足取りで俺の前を進むメルディ。対して身体がクソ重くなった俺は、心の中でハルトが獣人王にボコボコにやられてくれますようにと願いはじめていた。


決勝戦は賢者対賢者の戦いだった。物理系の職に強い適性の出る獣人。その王が純魔法系最強の賢者だったんだ。これ、武闘の大会なのに……。ただ、俺の知っている賢者の戦いにはならなかった。ハルトも獣人王も身体に魔法を纏い、近接戦闘を繰り広げた。もとより身体能力の高い竜人族の俺が、完全竜化を経て動体視力などが向上した。そして観客席から俯瞰してハルトと獣人王の戦闘を見ている。そんな俺でもふたりの姿をたまに見失うことがあった。とんでもない速さの攻防が繰り広げられていたんだ。完全竜化した俺は獣人王より強いんじゃないかって考えていたが……。どうやら自分の力を過信しすぎていたようだ。上には上がいる。それをまざまざと見せつけられた。

獣人王は八人に分身してハルトを攻めた。凄い。速さを極めると、あんなことまでできるようになるのかと感動した。一方獣人王に速度で敵わないと判断したハルトは、ペットを召喚した。たまに教室に連れてくることのある真っ白な子狼だ。闘技台の上に召喚された子狼は、スヤスヤと眠っていた。あんなのを呼んで、ハルトはいったい何がしたいんだ？　しかしなぜか会場の雰囲気がピリッとした。先ほどまでハルトたちの戦闘を少しでも目に焼き付けようと、息をのんで観戦していた獣人たちがざわめきだしたんだ。

「あれは、まさか――」

「この身体が強制的に正される感じ」

「ま、間違いない。あの御方は」

「神獣、フェンリル様」

子狼とハルトが何やら会話した後、獣人王に向かって子狼が歩を進めていく。突如、子狼の周囲を風が包んだ。その風が晴れたとき、巨大な狼が現れた。それを目にした瞬間、本能で理解する。この白く巨大な狼には、どう足掻いても絶対に敵わないと。

その狼の突進をきっかけにハルトの攻撃が始まった。ハルトにとっては、獣人王にほんのわずかな隙でもあれば良かったようだ。獣人王はハルトの初撃をなんとか躱したものの、その後の強力な八連撃で倒された。獣人王が闘技台の外に落ちる。ハルトの優勝だ。白い狼が咆哮を上げると、会場にいたすべての獣人が同調して雄叫びを上げた。

優勝したハルトが魔法で声を拡大して望みを伝える。あいつはこの国の王にはならなかった。国の所有権を求め、その代わりにこの国を守護すると約束したんだ。獣人たちはみな、その言葉に歓喜していた。一国の所有者《オーナー》になるとか……。そんなんありかよ。その直後にハルトがべステイエの王を任命していたから、これは現実なんだと思い知らされた。さらにハルトは別の要求もした。

「メルディ。おいで」

「は、はいにゃ！」

メルディが観客席から飛び出して、ハルトの所へと駆けていく。

「俺は武神武闘会で優勝した褒美として、この国の姫であるメルディを貰っていく。文句がある奴は、今ここに出てこい」

思わず出ていきそうになった。だってハルトお前、既に美女や美少女に囲まれて生活してんじゃねーか！　さらにこの国の姫もって、ふざけんな!!

でも俺は観客席から動けなかった。どう足掻いてもハルトに勝てないって思ったからじゃない。まぁ、それも少しあるけど……。でも一番は、ハルトの隣にいるメルディが嬉しそうにしていることに気づいたから。決勝が始まる前も、彼女はハルトが優勝するのを望んでいるようだった。メルディはハルトのところに行きたいと思っていたみたいだ。

「お、おめでとー！」

声が震えている。一時だが、本気で好きになった女の子。その子のためなら、俺は自身の力を開放することもできた。大好きだったメルディが、これからハルトに幸せにしてもらえることを願って俺は声を上げる。

「おめでとう、メルディ。幸せになれよ」

もしハルトがメルディを泣かせたら、俺は絶対に許さない。俺がハルトを殴ってやるから。

はじめて好きになった女の子が結婚する光景を見ながら、俺の初恋は終わりを迎えた。

04

精霊姉妹のお使い

LEVEL 1 NO SAIKYO KENJYA

ある日の夕刻。

「マイ、何をしているの？」

妹のメイに声をかけられました。燃えるような赤い水晶に見惚れていた私は、彼女が部屋に入ってくるのに気づかなかったのです。

「……メイ」

私がコレを眺めるのは自室でいつもやっている習慣――と言うより、もうやめられない癖みたいなものです。普段はヒトの気配を感じたらすぐに水晶をしまうのですが、今日はうっかりメイに見られてしまいました。

「それ、以前ティナ先生のお使いをした時に、ハルト様から頂いた魔水晶でしょ？　まだ使わずに持っていたんだね」

「うん。コレにはハルト様の魔力が込められているから、もったいなくて使えないの」

魔水晶と言うのは魔力を溜めておける水晶のことで、所有者が必要としたとき自由に魔力を取り出せるアイテムです。小石のようなものから家よりも大きい岩のようなサイズのものまであり、基本的には大きいものほど溜められる魔力が多くなります。繊細な魔力操作をすれば、手のひらに乗るようなサイズの魔水晶に膨大な魔力をねじ込むことも可能です。

私が持っている拳サイズの魔水晶には、ハルト様の強くて純粋な炎属性の魔力が込められています。魔力の純度だけではなく、その量も素晴らしい。おそらく上級魔法数十発分の魔力が込められています。賢者であるハルト様の魔力操作技術をもってして初めて成しえる、まさに神業。

　普通にアイテムの性能だけをみてもコレは超貴重なものですが、私にとってはそれ以上の価値があります。私は、火の精霊ですから。精霊は召喚契約を結んでいるヒトから魔力をもらうことで成長できる種族です。特に自身と同じ属性の魔力を好みます。純粋な魔力を身近に感じられるというのは、精霊にとってとても喜ばしいこと。

　ですから、その……。この魔水晶を眺めているとハルト様をすぐそばに感じることができて、私は幸せな気分になれちゃうのです。

「……イ。ねぇ、マ…ってば。マイさーん！」

「えっ⁉　あ、あぁ……メイ」

「もう。私と話していたのに、急に魔水晶に夢中にならないでよ」

「ご、ごめん」

　ハルト様にいただいてから、もったいなさ過ぎて使えなかった魔水晶。そのことを考えていたら、メイとお話し中だったのについボーっとしてしまいました。

「ハルト様がお風呂にお湯を張ってほしいって。もう少しでティナ先生との魔法訓練が終わるみたいだから」

「うん、分かった」

　エルノール家で、お風呂にお湯を張るのは私たち姉妹のお仕事です。水の精霊であるメイが出した水の塊を、火の精霊である私が温めてお湯にします。ハルト様のお屋敷のお風呂は十人が余裕で入れるくらい大きいのですが、私たちにかかれば十数秒でお湯を溜められます。姉妹の連携プレーってやつですね。

「ほら、行くよ」

「はーい」

名残惜しいですが、魔水晶を机の上に置いてお風呂に向かいましょう。

「……せっかくだから、あの魔水晶をもらった時のことでもおしゃべりしながらお仕事する？」

「いいの!?　するする！」

メイがとても嬉しい提案をしてくれました。ハルト様がくださった魔水晶を眺めたり、胸に抱いたりするのも幸せです。でもそれと同じくらい私は、魔水晶を頂くきっかけになった出来事を思い出すことが大好きでした。私の契約者であるハルト様が、すごくかっこよかったのです！

「何から話す!?　やっぱり一番は、ハルト様が駆けつけてきてくださった時のことだよね」

「それもうクライマックスでしょ。普通はもっと最初から……。例えばティナ先生が私たちにお使いを頼みたいって言ってきたところとかじゃない？」

「確かにそうだね。メインディッシュの前に盛り上げるための前菜があった方が、メインはもっと美味しくなるもんね」

「何その例え……。まぁ、良いけど」

メイも快諾してくれたことですし、あのお使いのことをお話ししましょう。

――＊＊＊――


私とメイがハルト様と召喚契約を結んで間もない頃。

「マイさん、メイさん。少しよろしいですか？」

「「はい。何でしょう？」」

ハルト様のお屋敷の掃除をしていたら、ティナ先生に声をかけられました。

「魔水晶と言うのをご存じでしょうか？」

「「知っています。魔力を溜めておける水晶ですよね」」

「その通りです。ある一定以上の力を持つ精霊であれば、それを探すのは容易であるという噂を聞いたことがあるのですが……」

ティナ先生の言いたいことが分かりました。

「私たちに、いくつか採って来てほしいってことですね？」

「たぶん大丈夫だと思います」

私たちはハルト様と契約を結ぶ際、彼から大量の魔力を頂いて精霊としての格が上がりました。高位の精霊になっていたのです。その際に他の精霊に干渉する力も得たので、魔水晶を探すこともできるでしょう。

「拳サイズで良いので、魔水晶を十個ほど。お願いできますか？」

「『お任せください』」

私たちが契約を結んでいるのはハルト様だけですが、ティナ先生のお手伝いをするという条件でここに居候させていただいています。ちなみにここに来る前に住んでいた魔法学園の学生寮は、もう退去しちゃいました。強力な魔力を持った契約者のそばにいられるのが、精霊として一番の幸せだからです。今後もずっとハルト様のおそばにいるため、ティナ先生のお願い事はしっかり叶えなくてはいけません。

「グレンデールの北東にあるアビス山という場所で魔水晶が採れるそうです」

「アビス山、ですか」

「確か、そこに行くまでも険しい道が続く山ですね」

「はい。一応はグレンデールの土地ってことになってはいるみたいですが、その付近を治める領主様がアビス山に対して治外法権を宣言しています。ですから採取して持ち帰ることができれば、見つけた魔水晶は全て自分たちのモノにできます」

普通のヒトでは辿り着くのも難しい場所。さらに鉱石などを採掘しようとするのであれば道具も必要になるし、採掘したものを運ばなければならない。まずは道を作る必要があるのです。その道を作ることも困難であったため、魔水晶と言うレアなアイテムが入手できると分かっていても領主は所有権を手放したのでしょう。

「アビス山は少し遠いので、おふたりを転移魔法で連れて行ってもらえるよう、ハルト様にお願いしてあります。彼がお戻りになるまで、少しお待ちください」

「あっ、ご心配なく」

「私たちは精霊ですから」

「「転移が使えます」」

高位精霊となった私たちは、人間界の好きな場所に転移することができます。直接移動するというものではなく、一度精霊界に帰ってから目的地に顕現する方法で。

「任意の場所に移動できる転移を？　さすが精霊族ですね」

「「ハルト様に魔力を分けていただいたおかげです！」」

魔法学園に入学した当初の私たちには、好きな場所に転移するだけの力はありませんでした。こちらの世界に来るのも、顕現し続けるのも、全てお父様の力をお借りしていたのです。でも今は、ハルト様に分け与えられた膨大な魔力があります。

「おふたりでアビス山までいけるというのであれば、よろしくお願いします」

「「はい。それでは、行ってきまーす！」」


私たちはお屋敷を出て、アビス山まで転移しました。

「……ねぇ、マイ」

転移した直後、何故か優れない表情でメイが話しかけてきました。

「どうかした？」

「今さらだけど、ティナ先生に転移できることを言わずにハルト様と一緒にここまで来ても良かったんじゃない？　ほら。ハルト様と、その……デ、デートみたいな」

「あっ！」

言われてみればその通りです。ハルト様に頼らず転移できるからとここまで来てしまいましたが、あの場で待っていればハルト様と一緒に来ることができたのです。それに彼ならきっと魔水晶の採掘も手伝ってくれるはず。ハルト様はそういう御方です。

ハルト様のお屋敷にはティナ先生と私たち以外に、魔族のヨウコさんも居候しています。夜に寝るとき、ティナ先生がハルト様の左側固定です。彼の右側を私とメイ、ヨウコさんでローテーションしています。私たちはできれば常に契約者のそばにいたいのですが、さすがにそんなことはできません。それにハルト様はティナ先生のことが大好きなようです。契約者である彼の想いを蔑《ないがし》ろにすることなんてできませんから、私たちが一歩引くしかありません。つまり何が言いたいかと言うと、ハルト様と私とメイ、この三人でいられる機会って結構少ないのです。

「ごめん……。せっかくのチャンスを」

「ううん。私もティナ先生にお使いを頼まれたのは初めてで、少し舞い上がってた」

メイが言うように、ティナ先生からお使いを頼まれることって珍しいのです。完璧なメイドである彼女は、ハルト様のお屋敷の家事をひとりでこなせてしまいます。私たちは家事のお手伝いをしていますが、正直足手まといなんじゃないかって思っていました。

「私も、そうかも」

完璧メイドのティナ先生に頼りにされているって思って、嬉しくなっていたのだと思います。それから契約者《ハルト様》が大好きな御方なので、私たちも自然とティナ先生に惹かれていたのかもしれません。だから張り切って良いところを見せようと、勢いで来てしまいました。

「惜しいことしたね」

「うん。ハルト様の魔法で転移すれば、余剰分の魔力ももらえたのに」

「確かに。彼は転移する時、かなり多めに魔力出すから」

ハルト様は私たちが使う転移を模倣し、魔法として使えるようにしてしまいました。普通のヒトは精霊界に来ることができません。そこで彼は精霊界と人間界を繋ぐ『狭間の空間』に転移して、そこから目的地にあらかじめセットしておいた魔法陣から自分自身を召喚するという方法で転移を可能にしています。やっていることが無茶苦茶です。そもそも精霊界と同じで、狭間の空間もヒトが生きられるような場所ではないのですから。

本来ヒトが生きられない空間にハルト様がいられるのは、彼が邪神様の呪いでステータスを《固定》されているからです。ヒトと召喚契約を結んだ精霊は、その契約者の情報を知ることができます。一方でハルト様と主従契約を結んでいるヨウコさんは、呪いのことを知らないみたいですね。召喚契約がほぼ同格な契約であるのに対して、主従契約は明確に上下がある契約ですから無理もありません。

とても強力な魔法を使っていたハルト様のステータスがレベル1であることを知ったとき、

メイと一緒にすごく驚きました。ただ私たち精霊が契約者の情報を他者に漏らすことはありませんし、そもそもできないようになっています。ハルト様が秘密を周囲に打ち明けるその日まで、彼がレベル1でありながら呪いでステータスを『固定』された最強の賢者であることは私たちの胸に秘めておきます。

ちなみにハルト様なら精霊界にも来ることが可能です。でもそれは世界の理《ことわり》としてダメだからと星霊王様に止められ、彼は狭間の空間を使って転移を行うようになりました。私たちのお父様である星霊王様は、この世界に存在するすべての精霊の頂点に立つ存在です。そんなお父様とも、ハルト様は召喚契約を結んでいます。移動目的の転移に精霊界を使わない代わりに、彼は精霊界にアイテムを保存させてほしいとお父様に交渉しました。それをお父様が認めたので、ハルト様は精霊界の一部を収納スペースとして利用するようになりました。先ほども言いましたが、やることが滅茶苦茶ですよね。でもそんな規格外の御方だからこそ、私たちは彼に惹かれたのかもしれません。

「終わったことをずっと後悔しているのもダメだね」

「うん。とりあえず」

「「魔水晶を探そう」」

一通り後悔を終えたので、目的を達成しましょう。これはティナ先生のお使いですが、家事を手伝ったことになるのでハルト様にも褒めていただける可能性があるのです。たとえその当てが外れても、最近はティナ先生に褒められるだけで嬉しくなります。だから期待されている以上の大物を持って帰れるよう、頑張ろうって思います。

「この洞窟とか、どうかな？」

転移した場所からそんなに離れていない所に、かなり深そうな洞窟を発見しました。

「いいと思う。けど……コレ見て」

メイが地面から何かを拾い上げました。

「何かの燃えカス？」

「コレ、少し温かいの」

「ということは、もしかして」

「うん。私たちの少し前に、ここを通ったヒトがいるのかも」

メイにそう言われて、周りに火の精霊がいないか確認してみました。私は火の高位精霊ですから、この場所で使われた火が魔法によるものであれば、周囲にいる精霊たちから情報をもらうことができるのです。この世界には私やメイのような意思のある精霊と、世界に充満する『マナ』を魔力に変換する役割だけを持った意思のない精霊がいます。ヒトが魔法を使う時、ヒトの中にいる精霊がマナを魔力に変換したり、魔力に属性を付与したりすることでヒトは魔法を行使できるのです。体内のマナを魔力に変換して火などを起こせば、周囲に火の精霊がいるはず。

「あっ、いた」

私は付近に数体の火の精霊を見つけ、彼らに触れて情報をもらいました。

「……うん、うん。そうなんだ、ありがと」

「火の精霊がいたんだ。それで、その子たちは何て？」

「小さな男の子がひとり。ここに入って行ったって」

「ひとりで？」

「うん。ひとりでここに来たみたい」

火を起こす魔法が使えるようですが、魔力と共に周囲に放出された精霊がとても小さくて数も少ないことから、まだ魔法を使えるようになって間もないくらいということになります。

「大丈夫なのかな？」

「分からない。でもこーゆーことをハルト様が知ったら」

「とりあえず保護、かな」

その子がここにいる事情は分かりません。大人でも辿り着くのが困難なアビス山に来ている時点で、その男の子は私たちの助けなんて必要ないくらい凄い子なのかもしれません。この世界には魔法やスキルがあって、それらに恵まれていれば本当に小さな子でも大人以上に強かったりもしますから。

とはいえ、そーゆーのはハルト様には関係ありません。最強の賢者である彼にとって、この世界のヒトの大半は守るべき存在なのです。世界を守るということを考えて行動しているわけではないようですが、手に届く範囲で自身が守れるヒトは全て守る——というのがハルト様のご意志です。そんな彼を契約者とした私たちも、できる範囲でヒトを助けなくちゃって考えるようになっていました。

「それじゃ、まずは男の子を捜そう」

「うん。それから事情を聞いて、一緒に探索する感じで」

方針が決まりました。男の子を保護しつつ、ティナ先生からのお使いをこなしましょう。

私たちが捜している男の子は、暗い洞窟の中を松明《たいまつ》に火を灯して進んでいると精霊たちが教えてくれました。ただの火では精霊の力が弱すぎて私でも情報を得られないのですが、所々で火が消え、その度に男の子が魔法で火をつけなおしているみたいなので助かりました。男の子が使った魔法により生じた精霊たちが、彼の進んだ道を教えてくれます。それから幸いにも、ここには魔物がいないようです。魔水晶が周囲のマナを吸収してしまうので、魔物が自然発生しないのかもしれませんね。

しばらく進んだところで、遠くが明るくなっていることに気が付きました。

「マイ、あれ！」

「うん」

その場所に向かってみます。

男の子がいました。大人の身長の二倍くらい深さがある穴の底で、五歳くらいの男の子が膝を抱えて座り込んでいました。穴の周りの地面が崩れているので、きっとこの子はうっかり穴に落ちてしまったのだと思います。

「ねぇ、君。大丈夫？」

「……ぇ」

今にも消えそうな弱弱しい声を出して、男の子が私たちの方を見上げました。

「お、お姉ちゃんたち……だれ？」

「私はマイ」

「私はメイ。今からそっちに行くね」

「ま、待って！　この穴、周りの土がもろくて登れないんだ。だから降りてきちゃ――」

男の子が忠告してくれましたが、それを無視して私とメイは穴の下に。

「な、なんでふたりとも降りてきちゃったの!?　せっかく助かったと思ったのに！」

そう言って男の子が泣きだしてしまいました。

「安心して、ここから出してあげる」

「無理だよ。お姉ちゃんたち、ロープも何にも持ってないじゃん！」

確かにロープなどは持ち合わせていませんでした。それに私たちは身長がそこまで大きくないので、肩車などをしてもココから出ることはできません。でも大丈夫です。私たちは、精霊ですから。

「ほら。いくよ」

「えっ――え、えぇぇ!?」

男の子を抱えて浮遊します。少し驚かせてしまいました。

「と、飛んでる!? お姉ちゃん、飛んでる!!」

「うん。私たちね、飛べるんだよ」

昔は精霊体に戻らなければ空を飛べませんでした。ですが高位精霊となった今、人化したままでも小さな男の子を抱えて浮遊できるようになっているのです。

「はい。着地」

「す、すごいや。お姉ちゃん、ありがと」

頭をしっかり下げてお礼を言ってくれました。この子、すごく良い子ですね。

「えっと……。マイお姉ちゃんと、メイお姉ちゃん？」

「「うん」」

名前も憶えてくれたみたいです。

「助けてくれて本当にありがとう。誰にも言わずにここに来ちゃって、どうしても登れない穴に落ちたから僕、もう死んじゃうのかと」

話を聞くと、この子が穴に落ちてからそんなに時間は経過していなかったようです。だけどヒトがめったに来ない山にある暗い洞窟の中で、どうあがいても出られない穴に落ちるというのは凄く怖かったと思います。

「君、名前は？」

「なんでここに来たの？」

「えっと。僕、タイランっていいます。この山の近くにある村に住んでて……。今日は魔水晶を取りにきました」

このアビス山のそばに人族の村があるっていうのは驚きです。やはりヒトって、凄いですね。これだけ険しい山々に囲まれた地域では、物流なんてほとんどないでしょう。商人が往来しないので、必要なものは全て自分たちで調達しなければいけないはず。そのような生活するのが困難に思える場所であっても、暮らしているヒトがいるんですから。

「なんでタイランはひとりなの？」

「ここには魔物はいなさそうだけど、洞窟をひとりで探索するのは危ないよ」

「いつもは父ちゃんと一緒に来るんです。でも、父ちゃんが病気になって……。病気を治すのにお金がいるっていうから、魔水晶を取って売ろうと思ったんです」

タイランとそのお父さんは定期的にこの洞窟に来て魔水晶を採掘し、それを遠くの街まで売りに行って生計を立てているとのこと。貯えがなくなってきた時期にお父さんが病気になってしまったから、タイランが何とかしようとひとりでここにやって来たらしいです。

「もしかしてお父さんにも、ここに来るって言ってないの？」

「は、はい。言ってません。お父さんとは何度も一緒に来たことがあるから、少しくらいなら大丈夫かなって。そ、それにほら『魔除けの護符』もちゃんと持ってきたんだ！」

危険度Cランク以下の魔物を遠ざける効果がある護符をタイランが見せてくれました。確かにコレがあるなら、魔物に襲われる心配はないでしょう。でも問題はそこじゃありません。

「魔物に襲われなかったとしても、今回みたいに穴に落ちたりするかもしれないよ」

「山を登るときに滑落することもあるかも」

道が整備されていない山や洞窟などを探索する時は、ひとりで行動しないのが鉄則です。よほど腕に自信がある冒険者であっても、未開地を歩く際は必ずパーティーを組みます。

「何よりお父さんが心配するから、もうひとりでこんなことしちゃダメだよ」

「分かりました……。すごく怖かったから、もうしません」

だいぶ反省しているみたいです。これ以上の説教は不要ですね。

「ひとりで怖かったね」

「もう大丈夫だよ」

私がタイランを抱きしめてあげると、メイが彼の頭を優しく撫ではじめました。タイランの身体は小刻みに震えていました。無理もないでしょう。もし私たちが今日来なければ、もしティナ先生が私たちにお使いを頼まなければ、タイランはきっと……。だから彼の命の恩人は、ティナ先生かもしれません。

「メイ。タイランの手を治してあげて」

穴に落ちてから、必死に登ろうとしたのでしょう。彼の手は土でひどく汚れ、何本かの指の爪は剥がれかけていました。手のひらは何か所か切れて血が出ています。

「分かった。タイラン、手を貸して」

「は、はい」

水の精霊であるメイが、タイランの手の周りに水球を作りだしました。私たち精霊は普通の魔法も使うことができます。初級回復魔法であるヒールも使えるのですが、それよりもメイの水を媒介とした回復魔法の方が効果が高いので、そっちでタイランの手を治してあげることにしたのです。

「最初は少し染みるよ」

「うっ」

短く呻き声をあげましたが、それだけでした。お父様のためにたったひとりでここまで来てしまうぐらいですから、タイランは精神的にもかなり強い子です。勇気と無謀は違いますから、手放しで褒められることではないのですが。

「す、すごい。僕の手が……」

ボロボロだったタイランの手は十数秒で綺麗になりました。破壊されたものを一瞬で元の状態に戻してしまうリュカさんの蘇生魔法《リザレクション》と比べてしまうと見劣りしますが、メイの回復魔法だって凄いモノなのです。私の自慢の妹ですから、当然です。

「どう？　痛い所はない？」

「うん！　メイお姉ちゃん、ありがとう!!」

「良かったね、タイラン。それじゃあ、魔水晶を探しに行こうか」

「も、もしかして魔水晶を探すのを手伝ってくれるの？」

「「私たちも魔水晶が欲しくてこの山に来たんだ」」

「そうなんだ。だったら僕がいつもお父さんと一緒に魔水晶を探すエリアまで連れて行ってあげるよ。三か月に一回ぐらいのペースで魔水晶が育つ場所があるんだ」

「案内してくれるの？」

「その場所って、お父さんと秘密の場所だったりしない？」

タイランのお父さんが魔水晶を売って生計を立てているというのなら、その魔水晶が採れる場所は他人には秘密にしておきたいはず。

「いっぱい採れるかどうかは運次第だし、お父さんは僕がついて行けないような場所でも魔水晶を採ってくるから大丈夫だと思う。それに助けてくれた人には、精一杯お礼をしなさいってお父さんがいつも言ってるから」

「そうなんだ」

「だったら――」

「「魔水晶が採れる場所まで、案内してもらってもいい？」」

「はい！　任せて。お姉ちゃんたち、こっちだよ!!」

タイランが右手で私の腕を、左手でメイの腕を引いて歩き始めました。

本当のことを言うと、この洞窟に入った時点で私もメイも魔水晶の気配を感じ取っていました。だからタイランの案内は不要なんですよね。でも恩返しをしたいというタイランの健気さが心に響いて、彼に案内をお願いすることにしたんです。

タイランの住んでいる村の話などを聞きながら洞窟を進んでいます。彼が持ってきた松明はあまり質の良いものではないらしく、ちょっとしたことで何度が火が消えてしまいました。

「あっ、またた。ゴメンね、すぐに火をつけるから」

「タイラン、待って。私が周りを照らすよ」

「えっ、でも……」

彼は私たちを接待しているつもりなのでしょう。その頑張りを見ているのも心がほっこりしますが、私は火の精霊です。周りを照らすのなら、私ほど適任はいません。

「大丈夫だから。マイに任せて」

「うん。いくよ、見ていてね」

無数の火炎球を私たちの周囲に浮かべてみました。

「わぁ。き、きれい」

タイランがそれに見惚れています。ただの火の玉ではなく、魔力で作った繭の中に閉じ込めた炎をぐるぐると回転させているのです。こうすることで明るさの揺らぎが無く、全方位を均一に照らすことが可能です。

「マイお姉ちゃん、すごい！　コレも魔法なの？」

「そうだよ」

「僕も使えるようになるかな？」

「近いうちに使えるようになる。タイランにはたぶん、素質がある」

この幼さで火属性魔法をすでに使いこなしていること。そして彼の中にいる精霊の質が良いことから、タイランは将来イフルス魔法学園に入学できるほどの魔法使いになると私は確信していました。

「ほ、ほんと!?　僕もマイお姉ちゃんみたいな魔法が使えるの？」

「魔法の訓練をしっかりやれば大丈夫。タイランは今、何歳？」

「僕、今年の誕生日で六歳になります」

「そう。じゃあ四年後、イフルス魔法学園においで」

「マイ、なんで急に勧誘みたいなことしているの？」

「タイランに才能を感じたから」

私は火の精霊です。優秀な火属性魔法の使い手が増えるのは嬉しいことなのです。

「イフルス……。そこって確か、すごい魔法使いさんたちが集まる学校ですよね」

「聞いたことはある？」

「はい。僕には魔法を使う才能があるから、もしかしたら魔法学園に入学できるかもしれないって、お父さんが」

これは朗報ですね。彼のお父様も、タイランが魔法学園に入ることを望んでいるみたいです。

「でも僕の家は、お金が……」

「イフルス魔法学園には奨学生制度があるよ。魔法を使う優れた才能があれば、授業料とか払わなくても良くなるの」

　実は私たちも奨学生扱いで入学しています。魔法学園の学長であるルアーノ様と、私たちのお父様が古くからの知り合いで、ちょっと特別扱いしていただいているのです。入学時に奨学生としての基準はクリアしていましたし、精霊なのでヒトのお金を持っていないから仕方ないという点も加味されています。

「もしタイランにその気があるなら、今後はたまに私が魔法を教えてあげる」

「い、良いんですか!?」

「うん」

「ちょっとマイ。ハルト様に相談もなく勝手に――」

「大丈夫。ハルト様なら分かってくれる、と思う」

　勢いでタイランに魔法を教えることにしてしまいましたが、私は今ハルト様の魔力で人間界に顕現しています。だから本当なら人間界で私がとる行動は全て、ハルト様に決めていただかなくてはいけません。でもお優しいハルト様のことですから、月に二度くらいタイランに魔法を教えるのは許してくださると思うのです。もしダメだったときは、タイランに謝りましょう。

「マイお姉ちゃん。ハルト様って？」

「私たちを雇っているヒト、みたいな？」

「そんな感じ。すっごく強いんだよ」

　別に私たちが精霊だってことを隠しておく必要はないのですが、ハルト様との契約のことはあまり話さない方が良いのでちょっと誤魔化しておきました。

「そうなんですね。それじゃ、マイお姉ちゃん。もしそのハルトさんが良いよって言ってくれたら、僕の魔法の先生になってください！」

「うん。帰ったら聞いてみる。大丈夫って言ってもらえたら、改めてタイランに会いに来る」

「はい！　よろしくお願いします。マイお姉ちゃ――じゃなくて、マイ先生!!」

マイ先生……。なんかいい響きですね。

「ね、ね。タイラン。私も先生って、呼んでみて」

「えっ？」

「お願い！　お試しで一回だけ。ね？」

「い、良いですけど……。その、メイ先生？」

私の隣でメイの魔力が激しく流動しているのが分かりました。かなり喜んでいますね。

「決めた！　私もタイランに水魔法を教える」

「ちょっと、メイ……」

「メイお姉ちゃんも、僕に魔法を教えてくれるんですか？」

「メイ先生って呼んで。それが条件」

「わ、分かりました」

私たちみたいな意思のある精霊って本来、ヒトが行使できない大規模魔法を召喚者に代わって人間界で使ってあげるのが一番メインのお仕事なのです。次に精霊が良くやるのは、ヒトに魔法を教えるというお仕事です。しかし私とメイの契約者であるハルト様は、精霊が使える以上の魔法を使ってしまいます。それに最強の魔法剣士であるティナ先生が、この世界のありとあらゆる魔法をハルト様に教えていました。ですから私たち姉妹は、精霊として頼られる機会が少なかったのです。もちろん家事のお手伝いなどでは頼りにされていますし、お風呂にお湯を入れたときはいつも褒めていただけます。でも、そうじゃないのです。私たちは精霊として、誰かの役に立ちたいという思いがありました。

「メイ先生……。メイ先生かぁ」

タイランにそう呼んでもらって、よほど嬉しかったのでしょう。メイが彼の言葉を何度もかみしめていました。私も先生って呼んでもらえて嬉しかったです。

「タイラン」

「は、はい」

「私とマイが、貴方をハルト様に次ぐ魔法使いにしてあげる」

勝手に宣言されちゃいましたが、私たちを師と呼んでくれるのであればそれに報いてみせましょう。ちなみにタイランを、ハルト様に並ぶくらいの魔法使いにしてあげることはできません。絶対に無理です。ハルト様は他を寄せ付けない最強の賢者ですから。彼からだいぶ間をあけて、ハルト様の次に凄い魔法使いを育てるっていうのなら可能かもしれません。だって私たちは、こちらの世界に顕現し続けられる高位精霊なのですから。

「マイ先生、メイ先生。よろしくお願いします」

「「うん。よろしくね」」

こうして私とメイに、弟子ができました。


——＊＊＊——


「マイ先生、メイ先生。ありました！　こっちです」

タイランとしばらく歩いていると、彼が魔水晶を見つけてくれました。少し洞窟が広くなった場所の壁が一部凹んでいて、そこに無数の魔水晶が生えていたのです。私とメイはここに魔水晶があることをもっと離れた場所から分かっていましたが、私たちの役に立とうと頑張っているタイランの行動を邪魔するようなことはしません。

「ほんとにあったね。大きさも量も良い感じ」

「タイラン、案内してくれてありがとう」

ティナ先生の依頼通りに十個ほどの魔水晶を採掘してから、メイとふたりでタイランの頭を撫でてあげました。お屋敷で家事をしている私たちを見かけたハルト様が、いつもやってくださるような感じで。

「え、えへへ」

はにかむタイランが可愛らしいです。初めて頭を撫でる側になってみたわけですが、コレってなかなか良いものですね。この子を——私たちの弟子を、絶対に凄い魔法使いにしてあげたいって気持ちが強くなりました。

「貴様ら、そこで何をしている？」

「「えっ!?」」

突然後ろから声をかけられました。驚いて振り返ると、血のように赤い目をした短髪の男性がそこにいました。精霊である私たちはヒトの気配に敏感です。例え気配を消す技術に長けた人物であったとしても、これだけマナが濃い洞窟の中であれば目視しなくてもヒトの動きを検知することも可能。それなのにこの男は、音もなくここに現れたのです。

「お、お兄さん、誰？　い、今、いきなり現れて……」

タイランに向き合って彼の頭を撫でていた私たち。その背後に現れた男は、やはり転移のようなものでここにやって来たようです。

「ねぇ、マイ。彼は──」

「うん。私もそうだと思う」

この世界で転移ができる存在は限られています。私たちのような精霊族、もしくは異世界からやって来た勇者様。それから魔人、もしくは悪魔です。この男は精霊にも勇者様にも見えません。何より目視できないように隠されてはいますが、私の目には男の頭に角のような魔素体が見えました。頭部にある魔素体の角は、複数の魔人を従える悪魔の特徴です。

「おい。俺の質問に答えろ」

「……魔水晶を採りに」

「はっ。そうか、やはり貴様らか!!」

額に手を当て、若干俯いた男。その表情は歪んでいました。まるで腹立たしさの余りに、笑みが浮かんでしまっているような。

「俺が魔水晶を採りに来る直前にいつもいつも掻っ攫いやがって……。だが過去のことはもういい。ようやくこうして会えたわけだからな」

「も、もしかしてこの洞窟を管理しているヒトですか？」

タイランが声を震わせながら尋ねました。勝手に魔水晶を採掘して売っていたことを咎められると考えていたのかもしれません。

「あ゛ぁ？　管理？　んなもんしてねーよ。魔水晶はほっときゃ勝手に生えてくるだろ」

ないとは思っていましたが、やはりこの洞窟の管理者や所有者というわけではなさそうです。

アビス山は領主様が治外法権を認めているので、タイランや彼のお父様がここで魔水晶を採っても問題ないはずです。

「私たちは必要な分を採ったので、これで失礼します。メイ、タイラン、行こう」

ふたりの手を取ってその場から去ろうとしました。

「まあ待てよ。俺はどうしても魔水晶が欲しいんだ」

「……では、これらを置いていきます」

集めた魔水晶を地面に捨てました。ティナ先生のお使いより、この場から安全に去ることを優先したのです。この男は十中八九、悪魔でしょう。それも魔人を複数体従えるクラスの。邪神直轄の上位悪魔である可能性もあります。上位悪魔と戦うには精霊王クラスの戦力が必要ですから、高位精霊級である私では勝てません。メイと協力して魔法融合《ユニゾンレイ》を放てば上位悪魔であっても消滅させることも可能でしょうが、タイランを守りながらでは厳しいと判断しました。

「いいのか？　俺がもらっても」

「ええ。それでは私たちはこれで」

「そんなに急ぐなよ。せっかくだから――」

男から微弱に発せられていた殺気が膨らみました。幼いヒトが直に浴びたら、それだけで気絶しかねない程の殺気。それからタイランを守るため前に出ます。やはり逃がしてくれませんか。戦うしかないみたいです。

「魔水晶と一緒に、お前らの命も置いていけ」

「「拒否します」」

これは私の推測なのですが、タイランと彼のお父様は今まで運良くこの悪魔と鉢合わせることなく、魔水晶を回収できていたのでしょう。あるいは運・悪・く悪魔が来る前に魔水晶を回収し続けていたせいで、こうして悪魔の怒りを買ってピンチになっているのかもしれません。

「メイ。タイランをお願い」

「ひとりで大丈夫？」

「大丈夫じゃないけど……。やるしかない」

メイと魔法融合《ユニゾンレイ》をすれば悪魔を倒せる可能性は十分にあります。ですがそれをやると、確実に洞窟が崩壊します。そうなればタイランは助かりません。私たちはヒトを連れて転移ができないので、タイランと一緒に逃げることができないのです。

　悪魔と戦うのに、人化したままでは厳しいですね。

「ん？　何だ、お前。ヒトじゃなかったのか」

「マイ先生。か、身体が……」

　私の精霊体の姿を見て悪魔は警戒心を強めました。タイランは私に見惚れてくれているみたいです。どうです？　私の精霊体、綺麗でしょう？

「タイラン。私ね、火の精霊なの」

「ちなみに私は水の精霊だよ」

「えっ。だって精霊って、ヒトとお話なんてできないんじゃ」

「「私たち、特別なの」」

　この世界のいたるところに存在する精霊のほとんどは意思を持たない精霊なので、ヒトと意思の疎通をすることはできません。ヒトと召喚契約を結んでこちらの世界に顕現する精霊であっても、会話ができる個体はそんなにいないのです。

「なるほど……。お前たちは少なくとも中位以上の精霊か」

「えぇ」

「私たち」

「「結構強いですよ？」」

できれば見逃してほしいです。悪魔は怠惰な種族なので戦うことにメリットがなければ、わざわざ強敵と戦うことはしないはず。

「強いと言っても、良くて高位精霊級だろ？　このベリアルの敵ではない」

ダメ、みたいですね。逃がしてくれる気はないと。それからベリアルって……。やはりコイツは上位悪魔でした。序列は六十八位と上位悪魔の中では低いものの、武闘派の悪魔です。

「ここ数年、俺をイラつかせた原因を見つけられて歓喜しているんだ。絶対に逃がさない」

悪魔は怠惰な種族ですが、同時に執着心が強い種族でもあります。一度狙った獲物は必ず、どんな手段を使ってでも手に入れる。悪魔とは、そんな種族なのです。

「マイ。相手が上位悪魔なら私も戦う」

「それはダメ。私が全力で戦うから、メイはタイランを守って」

中途半端に力を開放しても上位悪魔には勝てませんし、私が全力を出してしまうとタイランまで危なくなってしまいます。私が悪魔を足止めしている隙に、メイにタイランを逃がしてもらう作戦も考えました。しかし唯一の逃げ道には悪魔が立ちふさがっています。たとえ私と戦闘を開始しても、安全に横を通り抜けさせてくれることはないでしょう。

ハルト様に助けを求めることも頭をよぎりました。でもそれはできませんでした。私たちが精霊族で、彼が召喚者だからです。精霊は召喚者の呼びかけに応じて戦います。時には召喚されなくとも、契約者を守るために顕現することも。精霊は召喚者を守る役割を持つのです。だから召喚者《ハルト様》に助けを求めるというのは、種族の本能が許してくれませんでした。

「……分かった。タイランは任せて」

「マイ先生。き、気を付けてください」

「うん！」

悪魔《ベリアル》と向き合います。彼はまだヒトの姿をしていました。

「貴方はそのままの姿で戦うの？」

「俺は悪魔体がそんなに好きじゃない。少しダサいからな」

「自身の本来の姿を気に入らないと言うなんて、変わった悪魔」

「悪魔なんて変わり者ばかりだ。俺はマシな方だぜ。何てったって——」

突然悪魔の姿が消えました。

気配を感じて、右方向に火炎を放ちます。

「俺は自分の欲望に忠実だ」

「——っ!?」

左から悪魔の爪が伸びてきました。ギリギリ躱すことができましたが……。

「おかしい。今、確かに右から気配が」

「今のを避けるか。流石だな」

「マイ先生！　そいつ一瞬、ふたりになっていました!!」

「ふたりに？　……あぁ、そう。そういうこと」

タイランの言葉で理解できました。ベリアルという悪魔の情報を思い出したのです。

「もうひとりの身体《ドッペルゲンガー》を持つ悪魔」

「なんだ、俺は人間界でも有名なのか。嬉しいねぇ」

厄介な能力を持った悪魔です。戦っているのは一体なのに、まるで二体を相手にしているような感覚に陥るのですから。分身とは違って攻撃してくるのは本体だけなので、ドッペルゲンガーの方は無視しても良いはず。しかし足音や魔力などの気配が本体と全く同じで、更に攻撃の際は本体の方の気配を薄くするという嫌らしい攻め方をしてきます。

「手加減とか、してくれないのですね」

「お前が言ったんだろ。『私たち結構強い』って」

それはメイとふたりで協力して戦ったら、ということ。ハルト様と契約を結んで高位精霊になり、魔法学園で知識や技術を習得した今でも私ひとりでは上位悪魔に勝てません。ベリアルだってそれを分かっているはず。会話は付き合ってくれますが、戦闘で手を抜く様子はうかがえませんでした。

何とかタイランを逃がして、現状を打開しなくてはなりません。そのために少しでも時間が欲しいので、この悪魔が会話に付き合ってくれるのは助かっています。戦闘でも少し隙を見せてくれれば、希望が持てるのですけど……。

「マイ、もうハルト様に助けを求めようよ」

「できることなら私もそうしたい」

ベリアルが戦闘で手を抜かないことが分かった時点で、私は再度ハルト様に助けを求めようとしました。右腕に着けているブレスレットに話しかければ、彼はすぐに助けに来てくれるはず。ですが、それができませんでした。本来守るべき存在であるはずのハルト様に助けを乞うことを、精霊としての本能が拒絶してしまうのです。恐らくそれはメイがやろうとしても同じことでしょう。

「どうやるつもりかは知らんが、助けを呼ぶことは許さん。逃げることもな。……そうだ。この場には獲物が三人もいるんだ。とりあえずひとり、動けないようにしておこう」

悪魔の手がタイランに向けられ、その手から高速で魔弾が放たれました。

「タイラン！」

魔弾が速すぎて、私は動けませんでした。でもタイランは無事です。

「お？　アレを防ぐのか。やるな」

タイランのすぐそばにいたメイが右手を精霊体に戻して彼を庇ったのです。

「メイ先生！　う、腕が……」

「大丈夫だから。私の後ろにいて」

悪魔の攻撃はメイの精霊体を容易く破壊しました。精霊体にしている部分に痛みはありません。それに普通の魔法で受けたダメージであれば、簡単に再生できるはずです。

「マイ、気を付けて。攻撃を受けた部分が回復しない」

「うん。分かった」

ベリアルの攻撃は普通の魔法ではありませんでした。魔法に強い耐性のある精霊族の身体を破壊し、更に再生も阻害するようです。精霊としての強みを生かせない最悪な敵です。でもそんな敵に対して、私は恐怖心を抱きませんでした。あるのは怒りの感情。

「貴方は絶対に許さない」

私の大事な妹を傷つけた悪魔が許せません。

「俺もお前らを許さないぜ。魔水晶を集めるのは俺の趣味なんだが、それを数年に渡って邪魔し続けた報いは受けてもらう」

「趣味？　趣味で集めている魔水晶をたまたま取られたくらいで、メイの腕を！」

「ダメだよ、マイ。落ち着いて」

《魔法学園に戻れば腕くらいなんとかなる。ハルト様もティナ先生もいるし、回復に関してはリュカさんがいるじゃない。だからお願い、冷静になって》

熱くなっていた私の心にメイが干渉してきました。干渉されるのは久しぶりです。精霊の姉妹という稀有な存在である私たちならではの能力で、私たちは互いに言葉を発せずとも意思の疎通が可能なのです。メイのおかげで、私は怒りを鎮めることができました。

メイの言う通り、冷静になりましょう。相性が最悪な敵ではありますが、勝てないと決まったわけではありません。それに魔法学園に戻って竜の巫女であるリュカさんに頼めば、失ったメイの手も回復してもらえると思います。まずは何とかこの場を切り抜けなくては。

「俺は悪魔だ。ヒトの魂や感情を食い物にしている」

「……そんなことは知っています」

「俺はヒトの感情が激しく動いているのが分かるんだ。どうやらそれは、対象が精霊でもできるみたいでな。お前はさっきあいつが傷付いた時、激しく怒っていた」

「妹を傷つけられたのですから当然でしょう」

「でもお前はあいつと一言二言会話しただけで心を落ち着かせた。そうだな、まるで……心を通わせているような」

「何が言いたいの？」

「俺の予想だが、精霊の姉妹ってヒトの姉妹なんかより何倍も心の結びつきが強いんじゃないか、ってことだよ」

悪魔が闇の深い笑みを浮かべました。嫌な予感がします。

「つまりお前たちのどちらかを苦しませれば、もう片方の心が傷付くんじゃないか？　きっとそれはひとりのヒトを苦しませた時よりも深く傷つく。どちらかを殺してしまえば、残った方の心は闇に堕ちる」

空間に真っ黒な槍を創り出した悪魔が、それを手に取りました。

「想像しただけでゾクゾクする。ヒトではありえないところまで堕ちた心。いったい、どんな味なんだろうなぁ」

私たちはこの時、ベリアルにとって『恨みの対象』から『食事』に変わったようです。さらに運悪くコイツは、食事に執着する悪魔だったみたいです。

「……メイ。私が死ぬ気でコイツの足止めをするから」

精霊体を構成する炎の密度を限界まで高めました。

「タイランを連れて、全力で逃げて！」

言葉と同時にベリアルに無数の火炎弾を放ち、距離を詰めます。この悪魔の攻撃を受ければ身体が再生できなくなると分かっていても、妹を逃がすためなら怖くありません。

「おいおいおい。急にやる気か？　やっぱり妹が大事なんだな」

「うるさいっ！」

巨大化させた燃える右手でベリアルを洞窟の壁面に押さえつけました。

「メイ、今のうちに！　早く!!」

「う、うん」

「逃がすわけねぇだろぉぉぉ!!」

私の炎など全く効かなかったようです。ベリアルは爪で私の右手を切り裂いて拘束を抜けると、私の後ろを駆け抜けようとしていたメイとタイランに襲い掛かりました。一瞬で地面に押し倒されるふたり。

「ひぐっ」

「うぎゃ！」

メイとタイランの頭を地面に押さえつけ、悪魔は舌なめずりしていました。

「メイ！　タイラン!!」

「お前は動くな。今どっちを傷つけて、どっちの感情を喰おうか考えてるんだ。少しおとなしくしてろ。そうしないと、このガキの頭を潰す」

「い、いたいよぉ。マイ、せんせぇ」

「タイラン……。わ、分かった。私たちは貴方に食べられても良い」

「あ゛?」

「だから、その子だけは逃がして」

「んー、ダメだね。お前はまだ目が諦めてない。きっとこのガキがいるせいで、全力で戦えないんだろ? だったらこいつは大事な人質だ」

悪魔は狡猾でした。私の全力より強いのに、油断もしないんです。

「よし、決めたぞ。この水精霊の方を痛めつけよう。とりあえず百年くらいやってみるか」

「うぅ…マイ、に、逃げて」

「あぁ、そうか。お前ら精霊だもんな。そりゃ逃げようと思えば逃げられるか。でもこうして俺が手で触れていれば転移はできないだろ? 触れていない方には逃げられちまうが――」

悪魔が蔑むような目で私を見てきました。

「俺は片割れさえいればそれで構わねぇ。姉妹を見捨てたって後悔は、心を蝕み続けるからな。いつか後悔で心が黒く濁ったお前を捕まえて、その感情を喰うのを楽しみにしてやる。だからお前は、逃げても良いぜ?」

最悪でした。もうこの時点で私の心には絶望が溢れていました。メイを見捨てて逃げることなんてできるわけもなく、これ以上抗うことも諦めました。

「ハルト様、ごめんなさい」

最期に出てきたのは私たちと契約を結んでくださったハルト様への謝罪の言葉。私たち精霊なのに、ハルト様から与えられるばかりで……。あまりお役に立てなくてごめんなさい。急にいなくなってごめんなさい。私たちがいなくなったのはお使いのせいだとティナ先生が悩んでしまわないか心配です。できることならもう一度、ハルト様の優しい声が聞きたかった。


『マイ、メイ。聞こえる？』


腕に着けているブレスレットからハルト様の声が響きました。

『お風呂にお湯を入れてほしんだけど。今どこにいるの？』

「なんだこの声は。どこから響いている？」

『え？　ど、どなたです？　マイとメイは？』

「ううっ、あび、あ…ハルト様……」

私たちはアビス山にいます。悪魔に襲われているんです。助けてください。

そう言いたいのですが、声が出せません。契約者を危険に晒してはいけないという本能が働いて場所を伝えることもできません。私もメイも、ハルト様に助けを求められませんでした。

でもこの場には、私たち以外にもうひとりいたんです。その彼は、ハルト様がとても強いと言ったメイの言葉を覚えていました。契約に縛られず、迷わずハルト様を頼ろうとした男の子が大きな声で叫びます。

「ハルトさん！　マイお姉ちゃんたちを助けて――」

「おっと、うるさいぞガキ。まぁ助けを求めたところで、ヒトがすぐに来れるような距離には誰もいないんだが」

ベリアルがタイランの首を掴んで持ち上げました。苦しそうにもがくタイランを助けなきゃと思った次の瞬間、彼の姿は消えていました。

「……は？」

手で首を絞めていたはずのタイランが急にいなくなり、困惑するベリアル。

「なんか良く分かんないけど、助けに来たよ」

「も、もしかして、ハルトさん？」

ハルト様がタイランを抱きかかえて私の隣に立っていました。

「うん、俺はハルトだよ。……あれ？　ねぇ、なんでメイが押し倒されてるの？　それにマイは精霊体になってるし」

「な、なんだ貴様。どこから現れた!?」

「どこからって、イフルス魔法学園からですけど」

「イフルス……？　バカな！　あそことこの山がどれほど――」

「距離とか別にどうでもいいです。それよりメイは返してもらいますね」

一瞬ハルト様の姿が朧げになったと思ったら、いつの間にかその腕にメイが抱かれていまし

た。先ほどまで彼の腕の中にいたタイランは私の隣に座っています。

「ハルト様……」

「メイ、大丈夫？　何があったの？」

メイの顔についた土を払いながらハルト様が優しい声で尋ねます。一方でベリアルはその手で確かに拘束していたタイランとメイを奪われたことに狼狽えていました。

「お、お前、いったい何をした？　俺は確かにあいつを」

「あっ。メイ、右手がないじゃん！」

ハルト様の意識はメイの失われた右手にいっていて、結果として悪魔のことを完全に無視してしまうことになりました。それに気を悪くしたベリアルが、ハルト様を煽ろうとします。

「そいつの腕は俺が奪ってやった。このベリアル様がな！」

この行為こそが、ベリアルの犯した最も愚かな過ちでした。

「そう……。お前が」

左手でメイを抱きかかえるハルト様が無言で右手をベリアルに向けます。

「ファイアランス」

ハルト様の掌に一瞬で炎が集まったかと思うと、高速で撃ち出されました。ベリアルがメイの右手を奪った際に放った魔弾以上の速度のそれは一筋の光となって悪魔の腕に到達し、悪魔の右手を焼き尽くしました。

「――っ!?　お、俺の、俺の腕がぁぁああ！」

「お前は俺の精霊の腕を奪ったんだろ？　これでイーブンじゃないか」

　ハルト様がお怒りです。契約で繋がる私たち精霊は、召喚者の心境にも影響を受けます。召喚者の心理状態を知る術があるのです。それによるとハルト様はお怒りですが、同時に後悔もしていました。対峙しているこの男が、悪意の塊である悪魔だと知らないせいだと思います。

「ハルト様。この男は悪魔です」

「悪魔？　……そうか。確かに邪神の気配がするね」

「何を馬鹿なことを。人族ごときが邪神様の気配を感じ取れるわけなかろう！」

　突如ベリアルが左手で右腕を引きちぎりました。僅かに燃え残っていた右腕に新たな切断面ができ、そこから幾千もの繊維が伸びて腕を形作っていきます。

「へぇ。腕が治せるんだ。メイも治せそう？」

「すみません、ハルト様。精霊体でも、なぜか再生させられないのです」

「だろうなぁ！　そいつの腕を破壊してやった魔弾には呪詛が混ぜてある。俺が解かない限り、絶対に再生や回復はできないぜ」

　わざわざ教えてくれるとは……。私たちに絶望を与えたいのでしょうか。でもそれはハルト様がいる今、貴方にとってのマイナスにしかなりませんよ？

「メイの腕を治せるようにして」

「絶対に嫌だねぇ！　たとえ消滅させられたとしても、俺は絶対に呪詛を解かねぇぜ」

　絶対に、というのは本当に絶対ですか？　ハルト様の真のお力をまだ目の当たりにしていないから、そんなこと言えてしまうのではないですか？　……そうですね。せっかくですから、ハルト様に本気になっていただけるよう、追加の情報もお伝えしておくことにします。

「ハルト様。実は私もその悪魔の攻撃を受けてしまい、腕を」

ベリアルに切り裂かれた腕を見せます。こちらもメイの腕と同じように再生することができませんでした。

「マイの腕まで……。そうか、なら。ファイアランス」

「そんな直線的な攻撃、何度も喰らうものか！」

ハルト様の攻撃をベリアルは避けました。避けたつもりだったみたいです。ハルト様が狙ったのは再生したばかりの悪魔の右腕。そこに着弾しなかったファイアランスは洞窟の壁に当たる直前で停止し、目標物に向かって高速で進んでいきます。完全に躱したと思い込んでいるベリアルの背後から、ハルト様の魔法が――

「いぎっ!?　な、なんだ!?」

一度目と同じように、ベリアルの右腕が焼き尽くされました。あれほどまで高速な魔法を完全に制御し、更に悪魔の腕を破壊するほどの威力を持たせるとは。ハルト様はやはり、規格外のヒトです。

「これで失った腕の数は同じになった。でもお前は腕を再生できて、俺の精霊は再生できないのは不公平だろ。呪詛を解いてくれ」

「ふ、ふざけるな！　誰がそんなこと」

「ファイアランス」

「いっ!?　い、ぃいでぇ！」

悪魔が腕を再生させようとしているところにハルト様の魔法が放たれます。先ほどの攻撃が全速ではなかったようで、悪魔は今の魔法を避けられませんでした。しかしこれで終わりではありません。ベリアルの悪夢は今、はじまったばかりなのです。

「彼女たちの腕を再生させてくれないなら、ファイアランス」

「ちょっ!?」

「お前の腕が再生できなくなるまで、ファイアランス」

「ま、待て!!」

「何度でもファイアランス。ファイアランス。ファイアランス」

「待てって！　あっ、ヤバ――」

「ファイアランス！　俺は、お前の腕を奪い続ける」

ハルト様による十数回の攻撃で、ベリアルは洞窟の壁面にめり込んでいました。多少の身体欠損なら瞬時に再生させてしまう悪魔も、両腕を再生させるたびに完全破壊されるというのは辛いようです。途中ベリアルが逃げる素振りを見せたので、ハルト様は悪魔の足や腹部にも魔法を撃ち込んでいました。

「ファイアラ――」

「わ、分かった！　呪詛を解除する!!　だからもう、止めてくれぇ」

「そう。だったら早くやれ」

「もうやった。呪詛は解除した！」

「マイ、メイ。腕を再生できる？　魔力が必要なら俺があげる」

「は、はい」

「やってみます」

私もメイも、無事に腕を再生させることができました。

「「な、なおった……」」

「うん。嘘じゃなかったみたいだね」

「だ、だろ？　だからもう、良いよな？」

「良いって、何が？」

「に、逃げていいか？」

逃げたいなら逃げればいいんじゃないでしょうか。だって悪魔は転移が使えるのですから。

悪魔が使う転移門を使った移動術を阻害するなんて私たち精霊にはできません。それは当然、人族であるハルト様だって――

「さっきから何度も転移門を開こうとしてるもんね。でも、ダメだよ。転移門は開けさせない。いくらやっても、俺が魔力で干渉して破壊してあげるから」

あー。やっぱりハルト様でした。そうですか、ハルト様。貴方は悪魔の転移門ですら干渉できてしまうのですね。

「な、なんでだ？　おお、俺に、まだ用でもあるのか？」

ベリアルの声が震えています。恐怖の象徴であるはずの悪魔が、ハルト様に強い恐怖心を抱いていることがはっきりと分かりました。

「マイとメイの腕を奪ったことは、とりあえず許してあげる。ふたりの腕は元に戻ったし」

「……じゃあ、なんで」

「これは俺個人の怨み。俺はね、邪神に殺されたの」

「じゃ、邪神様に？」

「そう。だから邪神の配下である悪魔は、遭遇したら全部消滅させることにしてる」

これまで人間界で感じたことのないほど膨大な魔力がハルト様から溢れていました。その全魔力が光属性に変換され、彼の右手に集まっていきます。

「ひぃぃ！」

情けない声を上げ、恐怖の余り立ち上げることもできなくなったベリアルが地を這って逃げようとします。

「もう二度と、俺の家族の前に現れるな」

ハルト様が掲げた右手には、煌々と輝く槍が握られていました。

「さよなら。ライトニングランス！」

火の槍《ファイアランス》とは比較にならないほど超高速で放たれた光の槍がベリアルを貫きました。悪魔の身体が真っ白になり、砂のように崩れ去っていきます。邪神直轄の上位悪魔。その序列六十八位のベリアルという悪魔は、最期の言葉を一言も発することなく消滅しました。

「ごめんね。俺の怨みを優先させちゃった。マイとメイは、もう少し仕返しとかしたかった?」

「「いいえ。私たちは問題ありません」」

ご自身の怨みのためと言いますが、契約でつながる私たちはハルト様の本心に気付いていました。彼が動けなくした悪魔を、私たちがいたぶる様子を見たくなかったみたいです。私もメイも、ハルト様がそれを望まれるのであれば受け入れます。

「あの、ハルトさん。マイ先生とメイ先生を助けてくれて、本当にありがとうございました」

「ううん。君が助けてって言ってくれたから、俺はここに来ることができたんだ。俺の方こそ感謝してる。ありがと」

「もしかしてハルト様」

「ご存じだったんですか?」

「マイたちは召喚契約の影響で俺を危険に晒せないから、助けてって言えなかったんでしょ?ここに来てから気づいたよ」

タイランにお礼を言いながら彼の頭を撫でていたハルト様が、私たちのところまで歩いてきました。

「ゴメンね。俺はふたりと今後も召喚契約を結んでいたい。だからマイもメイも、ピンチの時に俺を呼べないかも」

「「それはハルト様が謝ることではありません！」」

弱い私たちが悪いのです。本当なら精霊である私たちがハルト様をお守りするべきなのに。

「マイとメイにはこれから俺の魔力をたくさん吸収して、強い精霊になってほしい。それでいつか俺を助けてほしい」

「「わ、分かりました。頑張ります」」

「うん。それで強くなるまで、今日みたいにピンチになることもあると思う」

私たちが腕に着けているブレスレットにハルト様が触れました。

「今、ふたりのブレスレットに俺の魔法を入れといた」

「ハルト様の魔法を」

「すごい。そんなことも可能なのですね」

通信用と聞かされて受け取った魔具でしたが、そんなに高性能なモノだったとは……。この小さなサイズで遠く離れたヒトとも会話できてしまう時点で、既にとんでもない性能なのです。

「ティナが持ってた『龍王の瞳』って魔具を参考にして作ったブレスレットだからね。性能はアレほどじゃないけど、炎の騎士数体なら何とか入ったよ」

炎の騎士数体では、今回のように悪魔が相手では勝てないと思います。でも時間は稼げるはずですし、何かの打開策にはなるかもしれません。

「ちなみに炎の騎士が倒されたら、どんな状況でも俺が強制召喚されるようにしてある」

「「えっ」」

「マイたちは俺に助けを求められないけど、戦力として炎の騎士をブレスレットから呼び出すくらいはできるでしょ。で、その騎士が倒されるくらいの強敵が相手なら俺が呼ばれるってこと」

「それなら」

「可能かもしれません」

ハルト様を呼ぶために炎の騎士をブレスレットから呼び出すのではなく、一緒に戦ってくれる戦力であると強く意識しなければならないでしょうが、それくらいは何とかなると思います。

「今後はそれを活用してね」

「承知いたしました」

「それから、えっと……君は」

「僕、タイランって言います」

「タイランか。さっきも言ったけど、ありがと。それからさっき、マイたちのことを先生って呼んでいたよね？」

「は、はい！　僕、マイ先生たちに魔法を教わりたいんです」

「この子に魔法の才能が見えたので」

「イフルス魔法学園に入れるよう、私たちが魔法を教えようかと」

「うん。いいんじゃない？　精霊って、魔法の才覚を持ったヒトの力を伸ばしたくなるって本能があるんだよね。ふたりがタイランを認めたなら、俺は止めたりしないよ」

「『ありがとうございます！』」

「タイランも頑張ってね。君は今、六歳くらい？」

「はい。今年六歳になります」

「じゃあ四年後、君が入学してくるのを待ってるよ。たまには俺もマイたちと一緒に来て、君が魔法の訓練をしてるところを見ていいかな？」

「もちろんです！　ぜひお願いします」

こうしてタイランが私たちの弟子になりました。運よく彼に、最終目標である最強の賢者《ハルト様》を見せることもできました。高すぎる目標は身を滅ぼしますが、タイランなら大丈夫でしょう。彼はハルト様に強い憧れを抱いてくれたようですから。

「それじゃあ、帰ろうか」

「あっ。少しお待ちください」

「ティナ先生からのお使いをこなさなくては」

「お使い？」

「これです。この魔水晶を採りに、このアビス山までやって来たのです」

地面に落としていた魔水晶を拾い上げ、ハルト様にお見せしました。

「そうだったんだ。それだったらさっき俺が攻撃したところに――ほら。あった」

燃えるように真っ赤な魔水晶をハルト様が持ってきました。どうやらそれは彼がベリアルを攻撃した時の余剰魔力が吸収されたモノのようです。

「あれ？　コレはなんか赤くなってるな」

「すでにハルト様の魔力が吸収されているからだと思います。ティナ先生からの依頼は空の魔水晶を十個程とのことでしたので、そちらはハルト様が――」

「私にください！」

「……マイ？」

ハルト様の炎属性の魔力が込められた魔水晶。私はそれから目が離せなくなっていました。メイはそれをハルト様が持っているべきと言いかけましたが、私はその魔水晶がどうしても欲しくなったのです。

「マイが欲しいの？　俺は良いよ」

「ハルト様がそうおしゃるのであれば、私も問題はありません」

「タイランも、良いよね!?」

「う、うん。マイ先生のモノってことで、いいです」

「やったぁぁ！　ありがとうございます!!」

ハルト様から真っ赤な魔水晶を受け取りました。それから強いハルト様を感じます。

ふわぁぁ。し、幸せですぅ。

「なんかよく分かんないけど、マイが幸せそうで良かった」

「……あの、ハルト様」

「ん？　メイ、どうしたの？」

「ちょっと水属性の魔力を纏って、この魔水晶に魔力を入れていただけませんか？」

私たちはこうして、生涯の宝物を手に入れました。

05

海神

LEVEL 1 NO SAIKYO KENJYA

「海神様！　たいへんです‼」

「何だ。何があった？」

俺に仕える式神の一体が、ひどく慌てた様子でやってきた。

「そ、それが、リヴァイアサンとクラーケンが喧嘩していて――」

「あいつらまた暴れてんのか……。しゃーねぇな、俺が止めに行ってやるよ」

クラーケンはまだしも、神獣であるリヴァイアサンを止められるのは俺しかいない。

「いえ。違うんです」

「ん？　何がだ？」

「喧嘩していたリヴァイアサンとクラーケンが、人族に倒されたんです！」

「――は？」

式神が言ってることの意味が分からなかった。ここは海の中だ。しかも話を聞けば、リヴァイアサンたちは海の中で暴れていたらしい。まぁ、そりゃ当然か。そんなヤツらを、どうやって人族が倒すって言うんだ？

「……互いに傷つけ合ってボロボロになったところを、その人族にトドメをさされたのか？」

それ以外には考えられなかった。

「それも違います。二体が暴れていたせいで、彼が乗っていた船が沈みそうになったので、大人しくさせたと言っていました」

「な、なんだと？」

そんなことあっていいはずがない。クラーケンは海に棲む最強の魔物だ。その力は神獣であるリヴァイアサンにすら肉薄する。そしてリヴァイアサンは十分な水がある場所で戦うのであれば、神獣の中で最強の存在だった。水辺にいる二体を倒せる人族などいるはずがない。いてはいけないんだ。

「……ん？　ちょっと待て。お前、『彼が』と言ったか？」

「言いました」

「もしかして、その人族を見たのか？」

「見た、というか……」

式神がチラッと神殿の入口の方を見る。

「実は今、彼がここに来ています」

「おじゃましまーす」

「えっ？」

黒髪の少年が水の中を普通に歩いてきた。

俺がいるこの神殿は深海にある。俺や式神は水中でも普通に過ごせるので、神殿の内部は常に海水で満たされている。そんな場所をそいつは普通に歩いてきたんだ。

「な、なんだ？　どうなっている。なんで人族がここにいられるんだ？」

「さぁ。私に聞かれましても……」

式神も回答に困るようだ。

「そもそもコイツはなんでこの神殿の場所が分かった？」

先ほども言った通り、俺の神殿は深海にある。広大な海で、この神殿を見つけることなど不可能なはず。

「それは私がリヴァイアサンたちの喧嘩の様子を確認しに行った時、彼に見つかってしまい、後をつけられてしまったからです」

「あとを、つけられた？」

「申し訳ございません」

式神が謝ってくるが、別に俺は怒っているわけじゃない。意味が分からないんだ。この海の中で最も速く移動できるのは海神である俺だ。その次がリヴァイアサンや人魚たち。人魚は弱いが、海中を泳ぐ速度は速い。そして式神は人魚並の速度で移動ができる。俺に仕える式神だから当然なのだが、彼女は海中での活動に適した身体能力を備えていた。

そんな式神を追いかけた？　海中を飛ぶような速さで移動する式神を？　そんなこと、普通の人族ができるはずがないだろ！

「あのー。やっぱりお邪魔でしたか？」

そいつは海中で普通に喋っていた。声も俺までしっかり届いている。本当ならこんな得体の知れないヤツは警戒すべきなんだ。神の力を行使して、ここから追い出すべきなのかもしれない。それでも俺は、リヴァイアサンやクラーケンを倒し、式神を追跡してここまでやってきたこいつに興味を持ってしまった。

「お前、名はなんという？」

「あっ！　いきなり押しかけておいて自己紹介もせずにすみません。俺は――」

そいつなりの自己主張をしようとしたのだろう。とんでもない量の魔力が溢れ出し、そいつの周りを囲んでいく。それが海流を起こし、神殿内部の様子が気になって見に来ていた人魚や小魚たちが全て流されていった。

「俺はハルトといいます」

人族の年齢で六歳くらいだろうか。ハルトと名乗ったその少年は、自分の魔力で作り出した海流で人魚たちが楽しそうに流されていくのを笑顔で眺めていた。


「は、速っ――きゃぁぁぁあ!?」

「あはははは」

「ねぇねぇ。あそこの流れ、もう試した？」

「うん！　途中でビュンってなるの！　すっごくおもしろかった!!」

「そうなんだ。ちょっと行ってくる！」

「あっ、私も！　もう一回行く!!」

俺の神殿内部に発生した海流で、人魚たちが楽しそうに遊んでいる。この神殿は基本的にオープンだから、人魚や魚人たちがいつも自由に出入りしていた。娯楽の少ないこの深海の世界で、人魚たちは俺が気まぐれで作る海流で遊ぶのを楽しみにしていたのだが……。どうやら俺が作るただ速いだけの海流より、このハルトという少年が作った海流の方が人魚たちにとって面白いようだ。

ほぅ。あそこから一気に落ちるのか。おおっ！　そこ、そんな角度で曲がって大丈夫か？

ふむふむ。グルグルまわって――スポンっと。なるほど……。確かに楽しそうだ。

俺もちょっと試したくなったが、さすがに海神である俺が人族の作った海流で遊ぶとなると式神や人魚たちの視線が気になる。後ほど自分で真似た流れを作り、こっそり遊ぼうかな。

「ハルト、といったな？」

「はい。ハルト＝ヴィ＝シルバレイと申します。グレンデールの賢者です」

「その若さで賢者か……。もしや貴様、転生者か？」

「えぇ。その通りです」

ハルトは俺の質問に素直に答えた。隠し事をする気はないのだろう。それとも俺が神だから、何かを秘密にしておこうとするのは無駄だと知っているのかもしれない。まぁ、どちらにしても別に構わない。俺はハルトが気に入った。若いくせに礼儀正しいし、俺の神殿内部で複数の海流を作り出してしまうほどの魔力量と、その操作技術がコイツは強いということを物語っていたからな。

俺は強いヤツが好きだ。神の中にも武神や竜神といった強いヤツらはいるけど、そいつらとは自由に戦えない。じいさん《創造神》に怒られちまう。だから人族とかで強いヤツを見つけると、テンションが上がるんだ。しかもその強い人族が、わざわざ俺を訪ねてきた。水中でクラーケンとリヴァイアサンを倒して、俺の目の前までやってきた。これはもう戦うしかないだろ！

いや、落ち着け。ハルトは式神を追いかけて、ここまで来たって言ってた。もしかしたら水中での移動速度がありえないほど速いのかもしれない。逃げられるのは困るな。水中でこの俺から逃げられるわけないと思うが……。逃げ出したヤツを追いかけて無理やり戦わせるってのはなんかつまらねぇ。俺は俺と戦いたがるヤツと、心ゆくまでやり合いたいんだ。

「ところでハルト。お前は何が目的でここまで来たんだ？」

まずは望みを聞くことにした。ハルトの望みを叶えてやる代わりに、俺と戦ってもらう。俺は神だ。それもこの世界の海を支配する海神。空を統べる空神や、大地を管理する地神とも繋がりがある。空神や地神、それから邪神ってヤツと俺を合わせて四大神と呼ばれている。この世界最上位の四柱の神。それが俺たちだ。俺たちの上には最高神であるじいさん《創造神》しかいない。だから俺がその気になれば、この世界での望みはだいたい叶えられる。ただ転生者にありがちな『元の世界に戻りたい』ってのだと少し困る。それにはかなりの神性エネルギーが必要になるから、俺の独断ではなんともできねぇ。じいさん《創造神》に怒られるのを覚悟で勝手にやっちまうってのもできなくはない。あんまりやりたくはないけどな。だから事前にハルトの願いが、俺が叶えられるものかを確認しようとしていた。

「目的ですか？　んー。そうですね」

なぜかハルトが悩んでる。

「俺が乗っていた船のそばで、でかいイカと海竜が暴れだしたのでそれを止めてたんです。その時に、そこにいる女性が水中にいるのに気づきました。彼女に話しかけようとしたら、すごい速さで逃げられてしまい……。思わず追いかけてここまで来ちゃいました」

それは式神から聞いた。ハルトは反射的に式神を追いかけてきたらしい。式神を見失わない速度で水中を移動できるってのが凄いと思う。

「こんな海の底にすごく大きな建物があって驚きました。しかもこの辺りは深海なのに、この建物がぼんやりと光ってるから明るくて」

あぁ。それは俺の力で光らせている。別に俺は深海の暗闇でも問題なく活動できるが、下位の神などが来た時に困るヤツらがいるからだ。

「見張りとかもいませんでしたし、扉も全開だったので……。こうして入ってきちゃいました」

「そうなのか。……ん？」

あれ、もしかして。

「ちょっと待て、ハルト。まさかお前、俺が誰だか知らなかったりする？」

「え、えっと……。すみません、分からないです」

マジか。てことは、ここが俺の神殿だってのも分かるはずがないよな。

「あー、すまん。てっきりお前は俺のことを知っているものとばかり思ってて、自己紹介してなかった。俺は海神ポセイドンだ」

「海神、ポセイド……えぇ!?」

「俺のことは知っているか？」

「は、はい！　もちろんです。四大神の一柱、ですよね？」

「そうだ」

転生者でもそのくらいの知識は既に持っているみたいだな。

「ならここは、もしかして……。海神様の神殿ですか？」

「あぁ。ここは俺の住処だ」

「ご、ごめんなさい！　俺、知らなくて神殿の内部で変なことしちゃいました」

変なことってのは、海流を作って人魚たちに遊ばせたことだろう。

「それは気にするな。人魚たちも楽しそうだったからな」

ハルトの魔力操作は完璧で、魔力によって作られた海流が俺の神殿や装飾品などを破壊することは無かった。それよりも問題がある。

「ここが神殿だって知らずに来たのなら、俺への願いも特にないってことだよな？」

「……はい」

あー、そうかぁ。そうなると、めんどくせぇな。願いを叶えるかわりに俺と戦えって交渉ができない。この世界では神からヒトに手を出すのはじいさん《創造神》によって禁じられている。例外はヒトが神に手を出した場合だ。その時は神にも反撃が許される。だから俺はハルトに最初の一撃もらってから戦いを始める気でいた。しかしハルトがなんとなくここに来ただけってなると、交渉のしようがない。そもそも俺は海の生物たちの神だから、地上で生きるヒトの望みなんてわからない。だいぶ面倒になってきた。

「なぁ、ハルト。俺と戦わないか？」

色々考えるのがめんどくせぇから、もうそのまま聞いてみることにした。これで拒否られたら、それも仕方ない。望みは薄いと思う。さすがに進んで神と戦おうなんてヤツは頭のネジが何本か外れた馬鹿か、自分の力を過信したアホ。もしくは神々を上回る力を持ったバケモノくらいだろう。見た感じハルトは若いながらも聡明そうだし、ここまで来られたのは凄いがそこまでバケモノじみた力は感じられなかった。だからハルトが俺と戦ってくれることはない。そう思ってたのだが――

「いいですよ。やりましょう！」

ハルトは自信に満ちた声で、俺と戦ってくれると言った。

「い、いいのか？」

本当に俺と戦ってくれるのか!?

「ええ。海神様が戦おうって言ってくださるのであれば、俺は貴方と戦ってみたいです。今の自分の力がどこまで通用するか試してみたいので」

そう言うハルトの目は新たな獲物《おもちゃ》を見つけてワクワクしている子どものように輝いていた。

「ちなみに俺が途中で降参したら、殺さないって約束していただけますか？」

「あ、あぁ、当然だ。俺の我儘で戦ってもらうんだからな。もし勢い余って殺しちまっても、必ず蘇生してやる」

なんとなくだが、そんな必要は全くなさそうな気がした。

「ありがとうございます！　それじゃ、殺《や》りましょう!!」

「おう！」

……ん？　お、おかしいな。ちょっと字が違う気がした。


ヤバいヤバいヤバい！

ヤバすぎる!!

な、なんなんだこいつは!?

「海神様。次はコレ、いっきまーす！」

「おいちょっと待てハルト！　それ、さっき俺が使ったやつだろ!?」

ハルトが両手に巨大な渦の槍を作り出し、俺に向かって投げつけてきた。本来はアルティマヴォーテックスっていう水属性の究極魔法。対個人に放つものとしては水系で最強の魔法だ。

それをハルトは――

「ウォーターランス！」

最下級魔法の詠唱で発動させやがった。

「ひぃぃぃぃ!!」

自分でも信じられないくらい情けない声を出しながら、俺はなんとかハルトの魔法を避ける。

俺が避けたハルトの魔法は頑丈な神殿の外壁を大きく破壊した。

こ、こいつの魔法やべぇ！　どうなってる⁉　なんで最下級魔法の詠唱で究極魔法クラスの破壊力になるんだ⁉

ちなみにヤバいのは破壊力だけじゃない。俺が使った魔法をハルトは全部真似してくるんだ。アイツは賢者らしいから、俺の魔法を同じように使えるのなら分かる。でもハルトは俺が使った魔法を数倍の威力にして俺に撃ち込んでくるんだ。四大神の一柱である俺がわりと本気で放った魔法が、数倍の威力になって返ってくる。コイツ、意味が分からねぇ！

「海神様、こっちです！」

「──っ‼」

親切にも俺を殴る直前にハルトが声をかけてくれたから、俺はその拳を躱すことができた。

「あぶねぇな！」

水中での移動速度と攻撃速度が人族だとは思えないくらい速い。

「さすが神様。反応速度ヤバいですね」

ヤバいのはお前の方だ！

「な、なぁ、ハルト。なんでお前は海の中なのに、そんなに速く動けるんだ？」

戦闘中だというのに気になりすぎて、つい聞いてしまった。もちろん平静を装っている。精一杯の強がりだ。

「たぶん俺、陸上より水中の方が速く動けます」

「は？」

お、お前……人族だよな？　なんで人族が水中の方が速いんだ？

「水が俺の移動を手伝ってくれるんです。空気だと密度が小さくて、そこまで速度が出せないんですよね」

いやそれ、なんの説明にもなってない。

「進行方向の水の密度を魔力で小さくして、反対に身体の後ろの水の密度を高めるんです。液体が密度の低いところに移動する性質を利用して俺は移動しています」

俺が理解してないことに気づいたのだろう。ハルトが補足してくれた。

「魔力で……。水の密度を？」

そんなこと可能なのか？

「こんな感じです！」

ハルトが魔力を放出し始めた。その魔力を身体前に集めていく。するとハルトの身体が少しずつ前に進み始めた。

「おぉ！　で、でも、なんでだ？」

「魔力って高密度に圧縮すると実体を持つんですよね」

あぁ、それは知ってる。

「実体を持つようになった魔力は、その空間にあったモノを別の場所に追いやります。水中だとその追いやられるものは水ってことですね」

「ふむふむ」

再びハルトが身体の前に魔力を集め始めた。さっきより高密度に魔力を集めているようで、魔力の塊が目視ができる。

「今、俺の前の空間には、ここにあった水を押しのけた魔力の塊があります。この魔法の塊は俺の魔力なので、当然消すことも可能です」

ハルトが魔力を消した。深海に何もない空間が誕生する。次の瞬間にはその空間に水が流れ込むのだが、その流入スピードが速すぎて水と水がぶつかり合い、衝撃波が発生した。

「なっ⁉」

深海では全てのものに強い水圧がかかっている。ここに生息する人魚たちは生まれた時から身体の周りに水圧の影響を中和する魔法を常に纏っている。人魚たちが深海で死んだ時、彼女らが纏う水圧中和の魔法が解け、人魚たちの亡骸は一瞬で真珠程度の大きさまで潰されるのだ。潰された亡骸は生前の髪の色をした綺麗な球体となる。それは『人魚の死宝』と呼ばれ、ヒトの間では高価で取引きされているそうだ。話が逸れたが、俺が言いたいのは深海に棲む我が眷属の肉体を一瞬で潰すほどの水圧がこの場にはかかっているということ。ハルトはその水圧を利用して推進力に変えているという。

原理はなんとなく分かった。しかし普通、やろうと思うか？　下手をしたら身体が粉々になってもおかしくないのだ。実際にハルトが魔力の塊を消した時は神殿を揺るがすほどの衝撃波が発生している。その衝撃だけで、普通の人族ならバラバラになっていてもおかしくはない。

「ちょっとだけ進んだの、分かります？　これを繰り返してやることで、すごい速さで進めるんです！」

　ハルトは普通じゃなかった。さっきいた位置からほんの少しだけ進んだ場所に五体満足のハルト《バケモノ》がいた。こいつの身体どうなってるんだ？　神殿を揺らすほどの衝撃の中心にいて、なんで平気なんだ？　分からないことが多すぎる……。だがそんなことよりも今は、なんとかしてハルトを驚かせてやりてぇ。今のところ俺ばかりが驚いている。俺は神だぞ!?　神が人族に驚かされっぱなしはダメだろ。んー、どうすっかな？　とここで、俺はあることを思いついた。

「なぁ、ハルト。こんなのはどうだ？」

　俺は魔法で無数の魚──魔魚を自分の周囲に創り出した。

「よし、いけ！」

　その魔魚たちをハルトに向かって突撃させる。俺より速度は劣るものの、複数の魔魚が自動で連携を取りながらハルトの逃げ道を塞ぎながらどんどん距離を詰めていく。

「くっ!?」

　魔魚に触れたらどうなるかは分かっていないと思うのだが、ハルトは避けることを選択した。

　それは正解。ハルトがミスったのは、この場から逃げなかったことだ。俺より速く動けるのだから、ハルトは魔魚よりも速く海中を動くことができる。だったらこの神殿のそばから離れる方向に逃げ続ければ、魔魚に追いつかれることはない。しかしハルトは俺のそばから一定以上離れないことを選んだ。そのせいで魔魚に逃げ道を塞がれていった。

　どうやら詰んだみたいだ。逃げ道がなくなったハルトのもとに、魔魚が押し寄せる。

「ヤバっ――」

ハルトが身体の周囲に魔法障壁を展開した。俺はそれを確認し、魔魚をハルトに突撃させる。ハルトの魔法障壁に触れた魔魚が大爆発を起こした。魔魚一匹でシーサーペントというAランクの魔物を粉々にする威力の爆発を起こす。それがおよそ千匹。自爆したのは半数ほどだったが、それでも神獣であるリヴァイアサンを瀕死に追いやってもおかしくない破壊力だ。しかし俺は、この魔法でもハルトなら耐えると思った。もしダメでも直ぐに蘇生させてやる。

「あぶねー。海神様、今の魔法ヤバいです！」

俺の予想は普通に当たった。ハルトはピンピンしていた。あいつが展開した魔法障壁にヒビすら入ってなかった。

「あのなハルト。お前が防いだ魔法、一発でAランクの魔物を倒せるやつなんだぞ」

「そうなんですか？　それよりあの魚、まるで意思を持ってるみたいに動いてましたけど……。海神様が操作してたんですか？」

魔法の威力には興味がないようだ。

「操作してるわけじゃない。お前が言うように、一匹一匹に意思がある」

「精霊を魔法に入れてるとか？」

「アホか！　そんな可哀想なことできるか!!」

単純な命令通りに動かすゴーレムなら簡単に作ることができる。しかし行動を自分で考え、自律的に動く魔法にするためには少し工夫が必要だ。自律行動できる魔法を作る方法はいくつかあって、ハルトが言うように魔法に精霊を組み込むってのもひとつの手段だな。でも敵に当たったら爆発する魔法に精霊を入れるなんてできるわけないだろ！

「じゃあ、いったいどうやって？」

戦ってる相手にそんなこと教えてやりたくはないのだが……。ついさっき俺は、ハルトの高速移動の仕組みを聞いてしまった。神である俺がハルトから情報を聞き出したのに、俺だけ情報を教えないとかズルいよな？

「しゃーねーな。特別に教えてやるよ」

「おぉ！　ありがとうございます」

「お前、魔法の操作はできるか？　例えば撃った魔法を、途中で曲げたりするとかだ」

魔法の威力とかを『制御』するのと違い、『操作』はそれなりに高度な技術なんだ。

「できます！」

まぁ、ハルトならできるよな。賢者だもんな。即答されたが、もうこの程度じゃ驚かない。

「なら話は早い。この魚の中心部分にはコアがある」

魔魚を一匹呼んで俺の前で止め、ハルトに魔魚の腹を見せる。コアは魔視って技術がないと見えない。普通の人族だと使える奴はかなり少ない技術だ。でもハルトなら見えるだろ。

「あ、ありますね。八面体のヤツですよね？」

ほらな。このバケモノはただの人族だって思っちゃダメなんだ。

「そうだ。これがこの魔法のコアだ。言わば、魔法の頭脳だな。コアは『この魔法がどう動くか』ってのを強くイメージしながら作り上げる」

「魔法自体にそういうイメージを付与するのではダメなんですか？」

「別に構わないが、自由度が減る」

「自由度？」

「例えばこの魚は攻撃魔法の一種だ。『水中を速く進む』機能と『敵に当たったら衝撃波を発生させる』機能がある。ここに『複数体で連携して敵を追い詰める』って機能を追加しようとすると、色々と不具合がある」

具体的に言うと泳ぐ速度が低下したり、攻撃の威力が下がったりする。だから攻撃系の機能と操作する機能は別にしておいた方がいい。あらかじめ『どう動くか』を明確にイメージして作り上げたコアを魔法の中心に組み込むことで、威力を保ちつつ自律行動が可能な魔法にすることができるんだ。

「なるほど……。攻撃系と操作系の機能は分けて魔法を構築するといいんですね」

「そーゆーことだ」

「分かりました！　教えていただき、ありがとうございました。早速やってみますね!!」

俺はこの直後、ハルトに余計なことを教えてしまったと後悔することになる。

「ファイアランス！」

ハルトの詠唱で、轟轟と燃え上がる炎を纏った人馬一体の騎士が現れた。

「は？」

な、なんで……。どうして海中で火属性魔法が使えるんだ？

この世界では火の精霊王など一部の力を持つ存在であれば、水中でも火属性魔法を使うことができる。水中に存在する精霊たちが精霊王の存在に恐れをなしてその周囲から離れるため、水中であっても消えない火というものが実現する。ハルトはそうした存在《精霊王級》ということだろうか？　たぶん、そうなんだろうな。そうあってほしい。そうでなければ困る。水中で俺《海神》より速く行動できるバケモノなのだから。

「あの、海神様。コイツを戦わせてみてもいいですか？」

ハルトが創り出したばかりの魔法を使ってみたいと言い出した。

「いいぞ。俺の魔魚たちと戦わせよう」

炎の騎士が内包する魔力量は、ひとりの人族が創り出した魔法としては最高レベルのものだった。しかしあんな姿形の騎士が水中で俺の魔法より速いわけがない。水中で火属性魔法を使ったことはすごいが、適材適所ってのを知らないハルトは見た目通りのガキだな。

「お前はその一体だけでいいのか？」

ハルトに攻撃を仕掛けたのでだいぶ減ったが、それでも俺の魔魚たちはまだ四百匹以上は残っている。対してハルトが作り出したのは炎に身を包んだ騎士が一体だけ。

「海神様の魔法のスピードはさっき体感しましたからね。たぶん大丈夫です」

ほう。それはずいぶんとなめられたもんだな。さっきのアレが俺の魔法の全速力だと思われているようだ。いや、待てよ？　さすがにバケモノ級の魔力を持つハルトでも、あれだけ力を持った魔法をそう易々と創り出せるわけがない。きっとあいつは強がっているだけだ。あの一体に持てる全ての力を費やしたに違いない。自信作なのだろう。だが悪いな。速さと連携を強化した俺の魔法の前に、なすすべなく膝をつくがいい！

あ、あれ？　……マジですか？

四百いた俺の魔魚は、たった一体の炎の騎士に十秒ほどで殲滅させられた。なんと炎の騎士もハルトと同じ移動方法ができたんだ。しかも魔法である炎の騎士には恐怖心というものがない。俺からしたら十分にバケモノじみた速度で移動するハルトも『速すぎると怖いから』という理由で、実は移動速度に制限をかけていたらしい。その制限は炎の騎士には存在しない。炎の騎士はハルトよりも速かった。速すぎた。

俺が本気で力を注いで加速させたのに、ほとんどの魔魚は炎の騎士に触れることも叶わず破壊された。そして俺が追加の魔魚を出す暇もなく、ハルトの炎の騎士は次のターゲットを俺に定めたんだ。

なんとかその炎の騎士一体を返り討ちにしてやった。俺はこの世界の神だ。ハルトに速度で負けるというのも、神としての本来の力を制限しているから。そして俺は魔法より自分の身体を使った戦闘の方が強い。本気でハルトの相手をすることを決めた。

ま、待て！　待てまてまて、待てって!!

「ちょっと待てって言ってんだろうが‼」

炎でできた槍を躱しながら、俺に攻撃してきた炎の騎士のコアを手で抜き取る。水属性の魔法障壁で手をガードしているにもかかわらず、俺の肌を焼くほどの火力だった。

「あー、惜しい！　もーちょいで海神様に攻撃が当たりそうだったのに……。お前ら、やられたヤツの仇を取ってこい」

ハルトが指示を出す。それに応えるように、俺を取り囲むように展開していた約千体の炎の騎士が俺に襲い掛かってきた。
バ、バカじゃねーの⁉　ありえねーだろ‼　俺は神だぞ⁉　なんでガチで、殺《や》りにきてんだよ⁉　そもそもなんでお前はそんなにたくさん魔法を使えるんだ⁉　どう考えてもひとりの人族が保有できる魔力量を超えてんだろーが‼
一体で俺の魔法を殲滅する炎の騎士を、ハルトは千体も創り出しやがった。


その後、俺は何発か大技を放って百体くらいは倒した。でも俺を囲む炎の騎士は、その数が減っている気がしない。というより、本当に減っていなかった。俺が倒したら倒した分だけ、ハルトは炎の騎士を生み出していたんだ。いくら倒しても、キリがない。

「こぉの、くそがぁぁぁぁぁあああ‼」

自身が放てる最強の技を、神の力を完全解放して放った。ハルトを巻き込むように千体の炎の騎士に向けて。ハルトを殺るつもりだった。殺っていいと判断した。この世界の四大神である俺をここまで追い詰めるようなバケモノは、ここで消しておくべきだと思ったんだ。

海底の地形が変わる。俺の技が全てを破壊した。

神殿にも大きな被害が出ているが、式神や人魚たちは戦闘が始まる前に遠くに避難しているから無事だろう。

「どうだ!!　こ、これなら」

巻き上がった砂が晴れてきた。

千体の騎士たちは全て消し飛んだようだが――

「海神様、凄い威力でしたね！」

「なっ!?」

ハルトは無事だった。元いた場所からほとんど動いてすらいなかった。それだけじゃない。

ハルトの背後には数え切れないほどの炎の騎士が整列していた。炎の騎士の大軍が深海を明るく照らしている。

「千体全部倒されちゃったので、今度は十倍の一万体作ってみました！」

魔王がいた。神より強い魔王が、笑顔で大軍を率いていた。

「あー、ごめん。それは無理。うん、絶対むり。俺、降参するわ」

俺はこの世界に神として生まれて初めて、敗北宣言をした。

06

海だ！　水着だ！　ＢＢＱだ!!

LEVEL 1 NO SAIKYO KENJYA

「ハルト、デンゲキウナギの皮を入手したぞ！」

獣人《ベスティエ》の王国からイフルス魔法学園に帰ってきた翌週、リューシンが俺のところにやって来てそんなことを言ってきた。

「は？」

「ほら、コレだ。コレ！」

リューシンにゴムのような素材を渡される。

「加工はもうしてあるから、あとは裁縫してもらうだけ」

「ちょっと待て。意味が分からんのだけど……」

いきなり素材を渡されても、説明もなしにどうしろと言うんだ。

「お前、デンゲキウナギを知らないのか？」

「いや、それは知ってる」

デンゲキウナギってのは深海に生息する魚型の魔物で、その身に強力な電気を纏う。たまに漁師の網にかかることがあるが、かなり強い魔物であるため捕獲されることは非常に少ない。

そんなレアな魔物の素材を、リューシンは両手に抱えるほど持っていた。

「じゃあこの素材の特徴は？」

「なんか試験みたいだな」

「いいからいいから。ほれ、分かんねーのか？」

リューシンに煽られる。妙にテンションが高いのが気になるけど、とりあえず答えようか。

「えーっと……。まずは電気耐性が高いこと。それから伸縮性が凄く良い」

「正解だ。そのデンゲキウナギの皮に一定の魔力を流しながら鞣《なめ》していくと耐刃性が向上して、さらに速乾性も付与される。水分の吸収と放出がスムーズになるんだ。これは既にその状態になってる」

「へぇ」

だからそれがどうしたって言うんだ？

「まだ分かんねーのか!?　これは水着を作るのに適した素材なんだ！」

「み、水着？」

「そう！　水着だよ、水着!!　この素材で水着を作って海に行こうぜ！」

「……俺と、お前でか？」

「ばっかじゃねーの!!　バカなの!?　お前、賢者だよね？」

いや、さすがにそれはないかなって俺も思ったよ。

「お前の周りにいるだろ！　水着がめちゃくちゃ似合いそうな美女たちが!!」

「リューシン、お前。ま、まさか――」

「わかってる。全部お前の嫁だってのはわかってる。だけど俺だって、彼女らのクラスメイトなんだ！」

泣きそうな声でリューシンが訴えてくる。彼が何を言いたいのかなんとなく理解できた。

「頼むから見せてくれよぉ。学園トップクラスの美女たちの水着姿を……。そのために俺は何回か死にそうな思いをして、デンゲキウナギの素材を集めまくったんだから」

コイツ、獣人《ベスティエ》の王国から帰って来た後たまに姿を見せないと思ったらそんなことしてたのか。

なるほど、その努力には報いてやろう。俺自身もみんなの水着姿が見たいって気持ちもある。

「分かった、リューシン。集めてくれた素材で水着を作って、みんなで海に行こう」

「つ！！！　あ、ありがとうハルト！」


――＊＊＊――


「みんなで海に行きたいんだけど、コレで水着を作ってくれる？」

いつも授業を受けている教室から俺の屋敷に帰り、そこでリューシンから受け取っていたデンゲキウナギの素材をティナに見せる。どんな家事でも完璧にこなしてくれる彼女なら、きっと水着も作ってくれるはずだ。

「これは……デンゲキウナギの皮ですね。これで水着を作るのはもちろん可能です。海に行きたいというハルト様のご希望も承知いたしました。ですが――」

なぜか彼女の表情が優れない。

「何か問題でもあるの？」

「たいしたことではありません。ただコレでみなさんの水着を作るとすると、色が好みでない方もいるかもしれません」

「色？」

「ハルト様が黒色の水着を着せたいというのであれば、みなさんはそれを拒否しないでしょう。もちろん、私もそうです」

「うーん。黒色の水着も良いとは思うけど、俺はみんなが好きな色のを着てくれればいいかな」

「えっと……。でしたら鞣《なめ》すとき、闇属性の魔力を流さないほうが良かったですね」

「もしかしてコレ、鞣すときの魔力の属性で色が変わるの？」

「その通りです。ご存じなかったのですか。ではなぜ闇属性の魔力に？　ハルト様なら炎属性で、燃えるような赤色にすると思っていました」

あー、うん。俺がもし特に意識せず魔力を放出するなら、一番使い慣れた炎属性にするかな。

「実はコレ、リューシンが獲って来てくれたんだ。下準備も終わらせといたから、水着を作ってみんなで海に行こうって」

「なるほど。そういうことでしたか」

リューシンは黒竜のドラゴノイドだ。黒竜が纏うのは闇属性の魔力なので、彼が放出した魔力が闇属性になったのも理解できる。闇属性の魔力でデンゲキウナギの皮を鞣したから、水着の素材が黒色になったみたい。

「黒じゃ、ダメかな？」

「ダメということはありません。ですがせっかくハルト様に水着姿を見ていただけるのですから、みなさん一様に黒色の水着では面白くないと思います」

うん、それはそうだね。でもこの素材、リューシンが命懸けで集めてくれたヤツだから。ドラゴノイドの彼が必死にならないと集められないような素材を、一からまた集めるのはさすがに難しいでしょ。

「まだ鞣す前のデンゲキウナギの皮がこの屋敷の保管庫にあります。それを使いましょう」

「えっ!? あ、あるの？」

「はい。この素材は水着を作る以外にも、錬成術の媒体などとして役に立つのです。ですからそれなりの数を保有していました」

そ、そうなんだ……。黒竜のドラゴノイドがそれの確保のために命をかけなきゃいけないほどの素材を、ティナはそれなりの数確保しちゃってたんだ。

「それに水着は肌に直接触れるものです。リューシンさんには申し訳ないのですが、私としてはハルト様の魔力で加工されたものを身に着けたいです」

「それもそうか」

リューシンの魔力がたっぷり含まれた水着をティナたちが直接肌に触れさせるって考えると少し嫌かも。魔力ってそれを放出した本人から離れても、少しの間は自由に動かせるから。彼にそれだけの魔力操作ができるかは不明だけど。

「分かった。十分な量があるなら、俺が改めてデンゲキウナギの皮を処理するよ」

「そうしていただけますと私は嬉しいです。リューシンさんが確保してくださった分は、錬成術の媒体などで使わせていただきましょう」

教えてね」

――＊＊＊――

「ということで今から、みんなの水着の素材を準備するよ。それぞれ水着にしたい好きな色を

エルノール家のみんなを集めて、海に行くことや水着を作ることを説明した。

「海ですか。私、遊びで行くのは初めてです」

「アルヘイム周辺の海には強い魔物が出ますからね」

エルフ族であるリファやティナは、遊びで海に行ったことがないという。俺が守護の勇者としてこっちの世界に来ていた時は移動で海路を選択したことはあるが、ティナと海で遊んだことはなかった。あの頃は魔王が健在だったせいで今よりも魔物が強く、足場がなくてヒトが戦闘しにくい海は特に危険な場所だったから。

「「私たちはすっごく楽しみです！」」

マイとメイは海に行ったこともあるし、泳ぐこともできるらしい。メイは水の精霊だから分かるけど、火の精霊であるマイも泳いで平気だというのは意外だった。まぁ、彼女もお風呂には普通に入ってるんだから、人化した状態の精霊ってそういうものなのだろう。

「ウチ、泳げないにゃ……」

「メルディさん。私が教えてあげますから、安心してください！」

お風呂は普通に入れるものの、水に入ることがあまり好きでない猫獣人のメルディは不安そうだった。ルナは俺と同じ世界から転生してきた女の子だ。海には行ったことはないようだが、学校のプールで泳ぎは習得しているみたい。

「ルナ、ありがとにゃ」

メルディはまだ不安そうではあったが、ルナの手を握ってその尻尾をピンと伸ばしていた。

「海で泳ぐのが気持ちいいのは分かるが……。水着って、なんなのじゃ？」

「えっ」

「ヨウコさん、海で泳いだことはないのですか？」

「我は泳げるぞ。もちろん海で泳いだこともあるのじゃ」

「……もしかしてそれって、全裸でってこと？」

「ぜ、全裸と言うと少しアレじゃな。本来の姿に戻ってということじゃ」

ヨウコはこの世界で災厄と呼ばれる存在——九尾狐が人化した女の子だ。狐は海を泳げるから、それと似た存在である九尾狐のヨウコも泳げるようだ。

「私も水着って分からないの。服を着て海に入ったら、泳ぎにくくないの？」

白髪の可愛らしい女の子がそう言ってきた。彼女の名は白亜《はくあ》。白竜と言う最強種の魔物が人化した女の子で、彼女はベスティエにある遺跡のダンジョンの元管理者だった。俺たちが魔法学園に帰ってくるとき、白亜もついてきた。管理していたダンジョンを俺たちに踏破された彼女は、その役目を終えたのだという。どうすれば良いか分からず途方に暮れていたので、『俺たちと一緒に来る？』と誘ってみたんだ。その白亜も水着を知らないという。

「水着は良く伸び縮みして、吸水性と放水性も良い素材を使う。だから水中で身に着けていても、動きにくくなることはないよ」

「そーなの？」

「うん。そーなの」

白亜は元から人化できたが、長い間ヒトと会話していなかったせいで俺たちと出会った時はだいぶ片言だった。そんな彼女もティナたちが丁寧に言葉を教えてくれたから、今は流暢に話せるようになっている。白亜の学習能力が元から高かったってのもあると思う。

「だったら私の水着は、白色が良いの！」

「おっけー。白亜は白色だね」

光属性の魔力を手に纏い、デンゲキウナギの皮を鞣《なめ》していく。やり方は事前にティナから聞いていた。ほんとはもっと手間がかかるらしいが、俺はそれを魔力で強引に早める方法を編み出したんだ。だから専用の道具とかも揃えることもなく、この場で処理することが可能になっている。

「はい、これが白亜用。水着のデザインはティナと相談して」

「わーい！　ハルト、ありがとなの!!」

デンゲキウナギは大きくて強力な魔物。捕獲は困難だが、一匹からとれる皮の量は多い。白亜がどんなデザインの水着を希望するのかは分からないが、彼女の体形であればおよそ全身をカバーできるくらいのサイズを手渡した。

「デンゲキウナギの処理って確か、魔術を要する特殊加工では？」

「リファさん、その通りです。普通は魔力を丸一日流し続けながら、専用の道具を使って鞣《なめ》さなければいけません。その専用の道具と言うのも、かなり入手が困難らしいのですが……」

リファの疑問にルナが答えてくれる。

「まぁ、ハルトさんですからね」

「さすが主様なのじゃ！　では我は、そうじゃな……。この着物のように、黒にしようかの」

普段は着物で過ごすヨウコも、今回は水着を着てくれるようだ。少し前のことだが、俺の屋敷に居候している神獣《フェンリル》のシロに魔力を注がれて、ヨウコは完全体の九尾狐となった。その際に彼女は成長し、元より魅力的だった身体がより妖艶になった。いつもは着物だから肌の露出が少ないヨウコの水着姿……。ヤバい、ちょっと楽しみだな。

「はい。黒の水着素材を作ったよ」

「ありがとなのじゃ。ふふふっ。コレできっと、主様の視線は我にくぎ付けになるのじゃ」

嬉しそうに素材を抱えていったヨウコ。

うん。俺も期待してる。

「「私たちは少し柄がほしいのですが、そういうのもできますか？」」

「えっと、何か参考にできそうなものはある？」

「これとか」

「私はこれです」

マイとメイがハンカチを取り出して見せてくれた。白地に二色の線が交互に入ったチェック柄。タッタソールというらしい。マイがピンクの生地に赤と白のラインが入ったもの。メイが水色の生地に青と白のラインが入ったものだった。

「りょーかい。ちょっとやってみる」

まず火属性と水属性を合成し、それをベースにする。その上に炎属性と光属性の魔力の筋を幾本も並べていった。そうしながらこれまでと同じようにデンゲキウナギの皮を鞣していく。

「おっ、できた」

「わぁ！　すごくかわいいです。ハルト様、ありがとうございます」

「気に入ってもらえてよかった。メイのもこんな感じにするね」

「よろしくお願いします」

マイの水着用素材と同様に、メイ用の素材もタッタソールの柄に加工する。俺が完成した素材を渡すと、マイとメイはそれを胸の前で抱いて、ふたり揃ってお礼を言ってくれた。

「あんなに複雑な模様もできてしまうんですか……」

「これでも賢者だから魔力操作は得意なんだ。さぁ、次はリファ。色や柄の希望を教えて。多少複雑なのでもチャレンジするよ」

「良いのですか？　では私は緑色がベースで、そこにシルフ様が纏うオーラの形を入れていただきたいです」

「あの葉っぱみたいなやつね」

「そうです。可能ですか？」

「ちょっと待って。やってみるから」

シルフが纏う半透明の葉っぱ型のオーラをイメージした。なんだかいけそうな気がする。

ベースが緑ってことは木属性かな。風属性だと薄緑色になっちゃうから。土属性と水属性を合成して木属性の魔力にする。その上に、光属性と風属性でシルフのオーラの形を転写していった。

「こんな感じかな」

「ハルトさん、ありがとうございます。とても綺麗です！」

イメージさえできれば、模様を付けるのも可能だって分かった。

「私は水色でお願いします」

「ルナは柄とかなくていいの？」

「はい。大丈夫です」

「ウチもシンプルなので良いにゃ。色はオレンジで！」

「わかった。ふたりの髪色にあわせるね」

晴れた日の空のように綺麗なルナの水色の髪と、夕焼けのようなメルディのオレンジ色の髪。

それらをイメージしながら複数属性の魔力を合成して、デンゲキウナギの皮を鞣していった。

「よし。コレで全員分の素材ができたな」

「ん？　ティナ用の素材がまだではないのか？」

ヨウコが気づいた。でも大丈夫。ちゃんとティナの分もあるから。

「私のは昨晩、ハルト様に皮の鞣し方を教える際に処理していただいたのです」

「そうなんですね。ではティナ先生の水着は、何色なんですか？」

「『私たちも気になります』」

ルナやマイたちが尋ねるが、ティナはふふふっと笑ってはぐらかした。俺は当然、彼女の水着の色を知っている。どんなデザインになるのかは分からないけど、ティナ水着姿を拝めるのが楽しみで仕方ない。

あぁ！　早く海に行きたいっ!!


――＊＊＊――


水着の素材を処理して色を付けた三日後。

「はい。とーちゃーく！」

「『わぁ！　凄く綺麗ですね』」

「これは……。確かに主様《あるじさま》が言うように、良い場所じゃな」

俺たちはグレンデール東端にあるダリス海岸に来ていた。ここは海水の透明度が高く、砂浜も非常に綺麗なんだ。世界中の海岸をチェックした俺の、イチオシの場所。

「すっごく眩しーの！」

「白亜さん、麦わら帽子をどうぞ」

「ありがとなの、リファ」

今は三月なのだが、グレンデールは一年を通して温暖な気候なのでいつでも海にも入れる。それなのにこのダリス海岸には俺たち以外にヒトがいない。この海域に危険度Bランクの強い魔物が出るからだ。砂浜で遊ぶことすら危険だということで、よほどの実力者かバカでなければここに近づく者はいない。そんな場所を俺はあえて選択した。エルノール家のみんななら B ランクの魔物が出ても倒せるし、俺の魔法で周囲を常に警戒しているから問題ないって判断したんだ。それに妻たちの水着姿を、あまり他人に見せたくないって気持ちもあったから。

「こんなに綺麗な砂浜がグレンデールにあったんですね」

緑色の水着を着たリファが海を眺めながら呟いた。彼女は紐の細いビキニで、腰にパレオという布を巻いている。そのパレオにも、俺が加工した水着の素材と同じ柄がデザインされていた。髪を潮風になびかせながら遠くを見るハイエルフのリファは、夫である俺が見惚れてしまうほど美しい。

「主様。リファだけでなく、我らも見てほしいのじゃ」

着ていたシャツの袖を引かれて後ろを振り返る。そこには屋敷から出てくる時に羽織っていた上着を脱いだ美女たちがいた。俺の目の前に、この世のものとは思えないほどの幸せ空間が

広がっている。

「ど、どうかの？　こう肌の露出が多いのは初めてなのじゃが……」

黒のビキニを身に着けたヨウコ。彼女の水着はボトムの腰の部分にリングが取り付けられていて、それが身体の前後の布を繋いでいる。本来は布がある部分から、ヨウコの腰が見えるのがエロい。

「「私たちの水着も見てください！」」

マイが赤系、メイが青系のタッタソール柄の水着。胸を覆うトップがフリル状の布で覆われたフレアビキニタイプだった。ふたりともよく似合ってる。髪に着けているリボンの色をマイが青色で、メイが赤色にしているのはわざとかな？

「えへへー。ティナに作ってもらった水着、可愛いの!!」

白亜は真っ白なスクール水着だった。海が初めてだという彼女がはしゃいで走り回り、全力で転んでいたが水着がはだけてしまうようなことはなかった。スク水で良かった。なんか色々と安心できる。

「ウ、ウチは……。ちょっと恥ずかしいにゃ」

「メルディさんも可愛いです！　ですよね、ハルトさん」

「う、うん」

メルディはオレンジ色のリボンビキニだった。胸の前で結ぶタイプの水着で、肩紐がない。白亜ほどではないが、活発に動き回るであろうメルディが着ているとちょっと不安になる。でも俺は不安と同じくらい、期待もしている。

　一方ルナは、その髪色と同じ綺麗なスカイブルーの水着だ。トップがビキニで、ボトムがフリルスカートになっている。ルナもメルディも凄く良い感じ。

「ハルト様。お待たせいたしました」

　屋敷とダリス海岸を繋いでいる俺の転移魔法からティナが出てきた。その姿を見て、俺の時が止まる。引き締まったお腹。存在を激しく主張する胸とお尻。それらをより艶《あで》やかに強調する青色の水着。完璧だった。絶世の美女が俺の目の前に現れた。ちなみにティナの水着は紐を首の前で交差させたあと、首の後ろで結ぶクロスホルダーってタイプらしい。これがまた彼女のセクシーさを強調している。

「お食事の用意をしていて遅くなってしまいました。お腹がすいたら、いつでも食べられるようにしてあります──って、ハルト様？」

「……あ、う、あぁ」

　言葉が出てこない。コレはズルいよ。水着を作るって知っていても、この破壊力はヤバい。

「むぅ……。やはりティナには勝てぬか」

「ティナ様、美しすぎです」

「「ティナ先生の水着、すっごくお似合いです」」

「ふふっ、ありがとうございます。その……ハルト様は、いかがですか？」

　ティナが俺のそばまでやって来て、上目遣いで尋ねてくる。俺が見惚れてしまってコメントできないでいると、彼女は反応を促すように追い打ちをかけてきた。

「ハルト様の魔力で加工していただいたこの水着、とても着心地が良いです」

水着のふちを指で少し持ち上げ、本来は隠れて見えない部分を見せてきた。分かってて、わざとやってるんだと思う。めっちゃエロい。

「す、すごく綺麗だよ。水着も、気に入ってくれてよかった」

緊張して声が震えてるのが自分でも分かる。いつもティナと一緒にお風呂に入ってるのに、コレはこれでエロすぎる。

「ティナよ、それはあざといのじゃ！　ズルいのじゃ!!」

「わ、私もハルトさんの妻ですから……こ、これくらいは」

おどおどしながらリファが俺の右手に抱き着いてくる。それを見て、ほかのみんなも俺との距離を一気に詰めてきた。

「「ハルト様。私たちのことも、もっと褒めてください!!」」

「みんなでくっつくの？　私もハルトにくっつくのー！」

「え、えっと……。これは、どうすべきかにゃ？」

「ほらメルディさんも、行きますよ！」

「あっ、ちょっとルナ。待ってにゃ！　まだ心の準備が――」

水着姿のティナ、リファ、マイ、メイ、ヨウコ、白亜、ルナ、メルディに囲まれて抱き着かれる。密着感が凄いことになってる。

こ、ここが天国か。

そんな俺たちを、少し離れた場所から見ている者がいた。

「まぶしい……。海と砂浜に日差し、それから美女たちが眩しいよぉぉ!!」

「な、何泣いてんのよ。リューシン、ちょっとキモい」

海に遊びに来ることの発案者リューシンと、彼と同じくドラゴノイドで俺たちのクラスメイトであるリュカも俺たちと一緒に海に遊びに来ている。彼らの水着もティナに作ってもらった。

「あはは。やっぱハルトは、いつものハルトだなぁ」

「……ルークさんも、たくさんの女の子に囲まれたいって思います？」

イフルス魔法学園の学園長の孫で、俺の親友ルークは学園外に彼女がいる。エルフ族のリエルだ。海に遊びに行こうと誘ったら、ルークはリエルも連れていきたいと言ってきた。ちなみにリエルはリファの妹。

「俺？　俺はリエルがいてくれれば、それだけでいいよ」

「ルークさん！　だ、大好きです!!」

うん。俺の親友カップルもなかなか順調そうだな。

一方で、リューシンとリュカは——

「リューシン、目隠ししてあげる」

「えっ、なんで!?」

「あそこにハルトさんが持ってきてくれたスカイメロンが置いてあるでしょ？」

「……あぁ。あるな」

「目隠しした状態でアレを割るっていうのが、海で定番の遊びらしいわ」

「そうなの？　それ、盛り上がるか？」

「えぇ。大いに盛り上がるはずよ。みんなを楽しませるために頑張って」

「しゃぁあ！　やってやるぜ!!」

リューシンに目隠しをして、その場で彼の身体を何回か横に回したリュカ。リューシンの身体は、俺が持ってきたスカイメロンの正反対を向いていた。

「それじゃリューシン、頑張って。スカイメロンを手刀で割れるまで、目隠しを取ったらダメだからね。そうしないと盛り上がらないから」

「分かった!!」

勢いよく返事をしたリューシンは、数歩ダッシュして手刀を振り上げる。

「ここだぁ！」

部分竜化させた手刀を高速で振り下ろすが、当然そこには何もない。

「くっ、外したか!?　ならば――こっちだぁぁあ!!」

俺たちからどんどん離れる方向へと進んでいくリューシン。その様子をティナたちと笑いながら見ていると、リュカが近寄ってきた。

「皆さん、うちのがいやらしい目で見てきて不快だったでしょう。申し訳ありません」

「大丈夫ですよ。リューシン君の発案で、こうして海に来られたのですから」

「でもリュカさんがいるのに、私たちをじーっと見るのはダメですね」

「浮気は許せないにゃ」

「あっ。私たちはそういう関係ではないので、お気になさらず」

へぇ、そうなんだ。なんかふたりはいつも一緒にいるから、俺はそーゆー関係なんだろうなって思ってた。

「とりあえず邪魔者は排除しましたから遊びましょう。私も皆さんに混ぜていただいても良いですか？」

「もちろんです、リュカさん」

「「一緒に遊びましょう！」」

「私もリュカとあそぶのー!!」

「メルディさん。私たちは泳ぎの練習をしましょうか」

「う、うん。ルナ、よろしくにゃ」

「ハルト様。私たちも行きましょう」

「おう！」

「主様に我の泳ぎを見てほしいのじゃ」

「ヨウコは人化してても泳げるの？」

「たぶんな。もしダメだったときは助けてほしいのじゃ。ほれ、なんと言うたかの……。あぁ、あれじゃ。人工呼吸というので――」

「「ヨウコさん!!」」

「む、むぅ……。冗談なのじゃ」

溺れたふりをするのはやめてくれよ？　マジで心臓に悪いから。

見渡せる範囲の海域には、俺の魔法である水の騎士を放って魔物を狩っている。海域の安全を確保しつつ、もし誰かが溺れたりしたときは即座に救助できるようにしていた。だからよほどのことがない限り問題はないと思うけど。

それから俺たちは思い思いに海を楽しんだ。

俺とティナ、リファ、ヨウコは膝下くらいの深さまで海に入ってボール遊びをしていた。ヒトの頭より少し大きいサイズのボールは、水着の素材の余りで作ったもの。デンゲキウナギの皮を水着用の鞣し方とは別の方法で加工することで、空気を入れて膨らませることができた。

「はい、リファさん」

「ハルトさん、いっきまーす！」

「ほい。ヨウコ、いくぞー」

ティナからリファへ。リファから俺にパスが繋がれたボールをトスしてヨウコに回す。

「ま、任せるのじゃ！」

ヨウコが両手を上にかざすが――

「ふぎゅ!?」

ボールはヨウコの両手をすり抜け、彼女の顔面に衝突した。

「あははっ。どんまい、ヨウコ」

「ヨウコさん、大丈夫ですか？」

「うぬぅ……。やはり『おーばーとす』とやらは難しいのじゃ」

ヨウコはアンダーならなんとかパスを繋げるが、まだオーバーは難しいようだ。

「両手の親指と人差し指で三角形を作って、その間からボールを見るようにするとうまくできますよ。こんな感じです」

ヨウコが落としたボールを回収したティナがオーバートスを実演した。その場で空中に何度もボールを突き上げる。

「おぉ。すごいのじゃ」

「さすがティナ様。安定していますね」

「あぁ……。確かにすごいな」

ヨウコとリファの視線はティナの頭上で上下するボールに集中していたが、俺の視線はティナの胸元で上下する大きなメロンに釘付けだった。

いやぁ、もうね……。素晴らしすぎますよ。

ポロリして見えちゃわないかちょっと不安になるが、このダリス海岸には俺たちしかいない。ルークはリエルとふたりでイチャついてるし、リュカに目隠しをされたリューシンは明後日の方向へ突き進んでいった。だから今ならポロリしちゃっても大丈夫！　って思っているのだが、ティナが各個人に完璧に合わせて作った水着は、よほどのことがなければズレたりしないらしい。ちょっとだけ残念に思う。そーゆーアクシデントも、少しならあっても良いんですよ？

ほかのみんなが何をやっているのか気になったので周りを見渡してみる。俺たちがいる場所から近い順に行くと、水位が胸くらいの深さのところでルナがメルディに泳ぎを教えていた。

「メルディさん、いい感じです!!」

猫獣人のメルディがクロールで泳いでる。少しぎこちないが、獣人族の優れた運動能力によりかなり高速で前に進んでいる。

「もう少し、あとちょっとです！」

ルナを目指して進んでいたメルディが泳ぎ切った。

「はい、ゴール！　やりましたね。かなり長く泳げましたよ!!」

「ぷはぁ！　はぁ、はぁ……る、るな。ウチ、やったにゃ」

「えぇ、見ていましたよ。おめでとうございます、メルディさん」

ルナに抱えられて、力なくグダっとしているメルディ。そんな彼女をルナは優しい表情で支えていた。微笑ましい光景だが、ルナは細身の女の子だ。疲れているメルディを浜まで運んでいくのは大変だろうと思い、俺が手伝うことにした。

「きゃっ!?」

「にゃ!?　な、なんにゃ!!」

水中から急に水でできた二体の騎士が現れ、ルナとメルディを抱きかかえた。

「脅かしてゴメン。それ、俺の魔法だよ。メルディがかなり疲れてるみたいだから、そいつに浜まで運んでもらって」

突然のことで驚いていたふたりだが、俺の魔法だと分かると抵抗はしなくなった。メルディの方は既に疲労が限界らしく、ほとんど抵抗もされなかった。

「あ、ありがとうございます」

「ハルト、ありがとにゃ」

水の騎士に運ばれていくふたりを見届ける。その先の砂浜に白亜とマイ、メイがいた。少し遠いが、彼女たちの会話が聞こえてきた。

「ふふふっ。後はここに穴をあけるだけなの」

「けっこう頑張りましたね」

「ここ、大事な部分ですので」

「「慎重に行きましょう」」

どうやら砂で城を作っているようだ。遠目でもかなりのクオリティであることが分かった。

ちなみにその様子を、砂浜に立てたパラソルの影の中からリュカが微笑ましそうに眺めている。彼女は白亜たちと一緒に遊んでいたが、途中から日陰で休憩していた。強い日差しがあまり得意ではないみたい。

「これで――や、やった！　完成なの!!」

「「白亜さん、お疲れ様です」」

「マイとメイも、一緒に作ってくれてありがとなの」

「『みんなに自慢しましょう』」

「うん！　ハルトたちにも見てほしいの。あっ！　ハルトー!!」

俺が見ていることに白亜が気付いた様子。

「完成するとこ見てたぞー！　今から戻るよ」

喉も乾いてきたし、一度浜に戻ることにした。

「私たちも戻りましょうか」

「そうじゃな。我は喉が渇いたのじゃ」

「私もそうします。ちなみにですが……」

ティナが何かに気付いた様子で周りを見渡している。

「私たちの周りにも、メルディさんたちを運んで行ったような水の騎士がいたりします？」

「うん。いるよ」

海の中に入って遊ぶみんなのそばには必ず水の騎士を待機させるようにしている。

「やはりそうですか。しかし私の魔力検知能力を持ってしても、その位置がうまく把握できません。何か秘密でもあるのですか？」

「あー。それはたぶんね」

周囲にいる水の騎士たちに指示を出して海面から顔を出させる。

「数が多いから、かな」

「えっ!?」

「こ、コレは」

「……主様は、相変わらずじゃのう」

　ティナとリファが驚き、ヨウコが呆れた顔をする。俺たちの周囲には四十体の水の騎士が顔を水面から出していた。ひとりにつき十体の騎士を付けるようにしていたので、四人で遊んでいたこの付近ではこうなるんだ。それから大柄な水の騎士たちが大量にいたせいで、ティナもその位置を把握できなかった様子。水の騎士は、俺たちが遊んでいた水深ではその身体を水中に隠せない。だから水面から出るまでは不定形を取らせていたのも、ティナの魔力探知を混乱させた要因だろう。

「せっかくだからコイツらに運んでもらおう」

　水の騎士に指示を出して、その背に乗せてもらう。ティナとリファ、ヨウコはそれぞれ騎士たちの腕に抱えさせた。

「ひんやりしていて気持ちいいです」

「主様の魔力に包まれておるのは気分が良いな」

「ヨウコ。そいつ魔法だから、魔力を吸いすぎるなよ」

　九尾狐であるヨウコは、周囲から魔力を吸って成長する。直接肌が触れているとそれだけ吸収できる魔力も多くなるのだとか。水の騎士は俺の魔力で作られた魔法なので、その魔力が枯渇すれば形を維持できなくなる。

「分かった。気を付けるのじゃ」

「よし。それじゃお前たち、よろしくな」

水の騎士たちに命令を出すと、俺を背に乗せた騎士が海面に立って走り出した。それに続いてティナたちを抱えた水の騎士たちも海面を疾走する。魔法だから水の上だって走れる。移動速度も早いし、超便利。

「は、速いですね」

「これは凄い！　主様、凄いのじゃ」

俺は元の世界で水上ボートに乗ったことはないけど、たぶんこんな感じなんじゃないかなって思う。レジャー用水上ボートの代わりとして水の騎士に乗るの、ありなんじゃないかな。

「けっこう楽しいので遠回りして浜に向かいまーす！　騎士に指示すれば好きなように進んでくれるから。みんな、楽しんで」

「あ、あっちに行くのじゃ！」

さっそくヨウコが水の騎士に指示を出して海面を疾走していった。

「では私はあちらへ」

「ハルト様を追いかけてください!!」

リファはヨウコと反対方向へ。ティナを抱えた騎士は俺を追いかけてきた。

「ハルト、それ楽しそうなの！　私も乗せてほしいの!!」

「「私たちもお願いします！」」

砂浜からこちらを見ていた白亜たちも、コレに乗りたいようだ。

「海に入れば騎士が乗せてくれるよ。後は好きに遊んで」

「分かったの！　マイ、メイ。行くよなの!!」

「「はーい!!」」

三人は海に少し入り、そこで現れた水の騎士に乗った。馬の首から上が人間になったような形をしている水の騎士の腕に白亜が抱えられ、騎士の背にマイとメイが乗っている。一体で三人を運ぶことになった水の騎士だが、特に問題はなさそうだ。

「「「速い速い！　すごーい!!」」」

白亜たちを乗せた水の騎士が俺たちのところまでやってくる。

「はるとぉ！　競争しよーっ!!」

「「誰が乗ってる騎士さんが一番速いのかやりましょう」」

「面白そうですね。私も参加します」

「ハルト様、私もやりたいです」

みんながやりたいようなので、水の騎士に乗って競争することに。

「我も参加するのじゃ」

水の騎士に抱えられたまま遠くに行っていたヨウコも戻ってきた。浜で休んでるリュカやルナ、メルディにも声をかけてみたけど、彼女たちは参加しないらしい。

「喉が渇いたしお腹空いたから、これが終わったらお昼にしよう」

「そうですね。ではこの競争で一番になった方には、私の特製デザートをプレゼントします」

「ティナ様の特製デザート!?」

「俄然やる気が出てきたの！」

「「絶対勝ちましょう！　騎士さん、頑張ってくださいね」」

「我の騎士はだいぶ走らせたからな。アップは済んでおるのじゃ」

みんな忘れてるのかな。コレ《水の騎士》、俺の魔法なんだよ？

つまり俺の意思次第で、順位をどうとでも調整できるんだ。みんなには悪いけど、ティナの特製デザートは俺のものだ。

「もし私が勝った時は、ハルト様にキスしていただくってことで良いですか？」

「えっ!?　あ、あぁ……うん。それでいいよ」

ちょっと負けても良い理由ができてしまった。

キスかデザート。うーん……。どっちにしようかな。

「それでは、よーい。スタート！」

俺が悩んでいると、ティナが競争開始の合図を出した。

「さぁ、行くのじゃ!!」

「がんばれ。騎士さん、頑張れ！」

「負けちゃダメなの」

「「いっけー!!」」

「ハルト様のキスは私のもの！」

悩んだ。かなり悩んだが、競争に勝って特製デザートをゲットし、あとでティナとキスするのが最高の結果だという結論に至った。というわけでこの競争、勝たせてもらおう。


そうして白亜たち発案の騎士レースをしたのだが——

「……え。マジで？」

「やったぁ！　ハルト様のキス、ゲットです」

俺、何故か負けた。俺の魔法に乗って競うレースだったのに、ティナに負けたんだ。

「ティナ様の騎士さん、すっごく速かったです」

「圧倒的だったのじゃ」

「えへへ。騎士さんに『もし勝てたら、いっぱい褒めてあげます』って言ったのです。そうしたらすっごく頑張ってくださいました」

そう言いながらティナが水の騎士に抱き着いた。騎士が全力で喜んでいるのが俺にも伝わってくる。……あぁ、そうか。水の騎士は俺の魔法だもんな。だからコイツも、ティナのことが大好きなんだ。俺の命令に背いてティナを勝たせちゃうぐらい。

「ティナの特製デザート、食べたかったの……」

「「残念です」」

「大丈夫ですよ。実は全員分ありますから」

すごく良い笑顔でティナがカミングアウトする。誰かがレースで勝ってひとりだけデザートを食べていたら、他のヒトがそれを羨むかもしれない。彼女ははじめから家族が仲違いしないように考えてくれていたみたい。優勝者には二個目のデザートをプレゼントする予定だったと教えてもらった。

「それで、ハルト様。その……」

「優勝したご褒美だね。今にする？　それとも屋敷に帰ってから？」

「えっと。い、今でお願いします」

以前はこういうの、ティナは人目がない所でお願いして来ていた。でも遥人だったときの記憶が俺に戻ってから、彼女はあんまりそういうのを気にしなくなった。我慢しなくなったって感じかな。

「分かった。それじゃ」

ティナの肩に手を置く。キスしようと顔を近づけたとき――

「みんなっ！　にげろぉぉぉぉ!!」

リューシンが全力で叫びながらこっちに走ってきた。

「は？　な、何？」

「ヤバいもんに攻撃しちまった！　とにかく逃げよう!!」

その『ヤバいもの』が、彼のすぐ後ろに迫っていた。

無数の巨大な触腕。それがリューシンを絡めとろうと襲い掛かっている。

「あ、あれは――」

「そんな！　どうしてこの海域に!?」

海面が隆起し、巨大な魔物が姿を現した。

「く、クラーケン!?」

「海中じゃ、竜より強い魔物なの！」

伝説級の魔物であるクラーケン。本来なら深海に生息するはずのそいつが、何故かこんな浅い海域に出現していた。

「すまんハルト！　俺じゃ無理だった。何とかしてくれぇ!!」

目隠しされた状態でスカイメロンを割ろうとあちらこちらに手刀を落としていたリューシンが、たまたまその場に現れたクラーケンの足に攻撃してしまったみたいだ。彼もクラーケンから反撃を喰らってそれに反撃したが、どうやら敵わなかった様子。クラーケンは危険度Sランクの魔物で、水場では最強クラスの攻撃力に加え、その身を再生させる力もある。

「つい最近もらったばかりなんだけどな……」

ちょっと申し訳ない気がするけど、俺の仲間に攻撃してくるなら撃退はさせてもらう。ついでに今回も足を少し分けてもらおうかな。クラーケンの肉って、かなり美味いから。

「ハルト様、ここは私が！」

「主様の手を煩わせるほどではなかろう」

「「皆さんをお守りします!!」」

最強の魔法剣士であるティナ。完全体の九尾になったヨウコ。精霊王級の力を手に入れたマイとメイの四人が臨戦態勢になる。この四人なら無傷でクラーケンの撃退ができるだろう。撃退どころか消滅させかねない。でも、それだと困るんだよね。

「やる気なとこ悪いけど、ここは俺に任せてほしい」

そう言ってみんなの前に出る。

「ま、任せたぞ！」

リューシンが俺の横をすり抜けていった。彼を追って触腕が迫ってくる。

……あれ？　もしかしてこのクラーケン、俺のこと忘れてる？　それとも俺が以前相手したのとは別個体なのかな？　どちらにしても足はもらうつもり。

転移魔法で空間に穴をあけ、精霊界に保管している俺の愛剣、覇国に手を伸ばす。それを空間の穴から抜き出して構えた。

クラーケンの動きが止まる。わなわなと触腕を震わせ、恐怖を感じているように見えた。

「なんじゃコイツ、急に様子が」

「まるでハルト様におびえているような……」

俺に——と言うより、この覇国かな。

戦意を失ったクラーケンが撤退していく。

「あっ。待って！　行っちゃダメ」

どうせ再生できるんでしょ？

「今回はこっちが先に攻撃しちゃったんだけど……。でも、せっかくだからさ――」

風魔法で空に飛びあがり、逃げようとしているクラーケンの進行方向に斬撃を飛ばす。

俺の斬撃で海が割れる。まさにその場所へ進もうとしていたクラーケンが動きを止めた。

「足一本で良い。置いてってよ」


無事にクラーケンを撃退（？）した。

「海で最強クラスの魔物も、ハルトの前だとバーベキューの食材でしかないんだな」

リューシンがそんなことを呟きながら、大きく切り分けられたタコ足を炭火で炙っている。

「これは……。誠に美味じゃな」

「おいしーの!!」

「「美味しいですね」」

「この味、もしかして……」

「ティナ、気づいた？　俺たち最近、コレを食べてるんだよ」

「学園祭で食べたオクト焼き、ですか？」

「正解！」

昨年末にイフルス魔法学園で開催された学園祭。そこで長蛇の列を作るほど人気だった屋台のオクト焼きは、クラーケンの肉を使ったものだった。

「久しぶりにタコ焼きが食べたくなってさ。それで昨年オクトスを狩りに来たんだけど、出てきたのがクラーケンだったんだよね」

偶然その場にいた魔法学園の先輩が欲しがっていたから、俺は彼にクラーケンの足を譲った。その先輩は学園祭でオクト焼きの屋台を出店し、俺たちにオクト焼きをタダで振舞ってくれたんだ。ちなみにクラーケンと戦ったのは今日で三回目。足をもらうのは二回目だった。

「悪いなハルト。俺たちまでご馳走になって」

「ご馳走様です。これ、とても美味しいです」

ルークとリエルもクラーケンの肉を頬張っていた。クラーケンの肉以外にも、この周辺で採った新鮮な魚介類も一緒にバーベキューしてる。

「気にすんなよルーク。それよりこっちのミルキー貝も美味いぞ」

「み、ミルキー貝!?」

ルークの顔が引き攣る。彼はコレにあまり良い思い出がない。

「大丈夫。コレを処理してくれたのはティナだからさ。前みたいなことにはならないから、安心して食べて。それに処理さえ完璧なら、コレはマジで美味《うま》いよ」

「うーん……。ハルトがそこまで言うなら」

しぶしぶという感じでルークは俺からミルキー貝の乗った皿を受け取った。こんがりと焼かれたミルキー貝。見た目は凄く美味そうだ。実際にこれは凄く美味い。しかし焼く前に下処理をしっかり行わないと、お腹を下すことがある。死ぬことはないが、三日間ぐらいひどい下痢が続くらしい。

俺とルークはイフルス魔法学園に入学して以来、週に一回くらいの頻度でグレンデール王都の繁華街まで出向き、そこの出店で食べ歩きをしていた。王道グルメを制覇した後はB級に手を出し、その後はそれ以外――つまりゲテモノ系に手を出し始めたんだ。

ミルキー貝は見た目がちょっと怖い。牛鬼の顔のような殻を纏った貝なのだが、その身はミルクのように白く美味であることからミルキー貝と呼ばれている。コレはゲテモノ系の中でも割と手を出しやすそうだったから、比較的初期の時点で食べてみることを決めた。

ちなみにルークがお腹を下した後で知ったことなんだけど、コレはそーゆー食材らしい。下処理が非常に困難であるが味は良い。それでいて死ぬことはないので、ある程度の覚悟を持った者が興味本位で食べる食材なんだ。つまり、お腹を下すことが前提。

「俺、ティナ先生を信じる」

そう言ってルークがミルキー貝を口に運ぶ。

「……うめぇ。相変わらず美味いよ、コレ」

「だろ？　しかも今回は安心して食えるのが良いよね」

ルークは初回からお腹を下したけど、その回復後には『またアレを食べたい！』と言い出し、次の週もミルキー貝を食べに行った。一度食べたら病みつきになるんだ。だけど当時は下処理がされていないモノだったから……。結果としてルークは、二週続けてトイレの住人となった。

「出店のを食った時はかなり辛かった。身体中の水分が全部出るかと」

「あぁ。翌日かなりやつれてたもんな」

「でもなー。それを差し引いてもまた食べたいって思っちゃうんだよ」

「ルークさん、ひとりで全部食べたらだめですからね」

次々とミルキー貝に手を出すルークに、リエルが注意する。

「まだまだあるから、いっぱい食べても良いよ」

「で、ですが、その……」

リエルが何か言いたそうだったが、それを口にできない感じだった。

「もしかしてリエルは、ルークのことを心配してる？」

「……はい。あっ！　わ、私はティナ様の技術を信じていないわけではありません」

体調が心配だからミルキー貝を食べないでほしいと言うと、それはつまりエルフ族の英雄であるティナを信頼していないと言うことになってしまう。リエルはルークの心配と、ティナへの信頼の間で揺れていた。

「だいたい、ルークさんは美味しいものがあるとそればかり食べ続けちゃうんです。偏食は身体に悪いからやめてくださいって私がずっと言ってるのに」

「うっ。ご、ごめん」

リエルは良い子だな。ルークのことをこんなに心配してくれる。

よしっ。俺もリエルに加勢しておこう。

「ルークさぁ、今後はバランスよく食べなきゃダメだぞ」

「私はハルトさんにも、少し言いたいことがあります！」

「えっ？」

「良い機会なので言わせていただきます。ハルトさんはステータスが《固定》されているから、どんなものを食べてもお腹を壊すことがないでしょう。それにルークさんを巻き込むのは止めてほしいです」

俺が邪神の呪いでステータスが《固定》されていることは、エルノールのみんなが知っている。俺が転生者であることを伝えたとき、ステータス《固定》の件も全て話したんだ。どうしても隠しておかなきゃいけないことじゃないって思ったから。ルークの彼女であり、リファ《俺の妻》の妹であるリエルにもそのことを教えていた。

リエルが言うように、ステータスが《固定》されている俺は何を食べてもお腹を下すことがない。毒を食ったって死なないんだ。

「リエル、俺はハルトに巻き込まれてるとかじゃなくて――」

「ルークさんはちょっと黙っててください！」

「は、はい」

キッと鋭い目でリエルに睨まれ、ルークが静かになる。

「何もハルトさんと食べ歩きするのをやめてほしいと言っているのではありません。ハルトさんが食べても平気だった、ハルトさんが美味しいと言ったからと、危なそうなモノに手を出そうとするのをやめてほしいのです」

なるほど……。そういうことですか。

確かに俺は何を食べても死ぬことはないから、転生前の俺なら見向きもしなかったであろう危険な感じがするものにも手を出し始めた。本能で危険を感じるモノの中にも、ヒトが美味いと感じるモノがたくさんあると気づいたからだ。それを気づかせてくれたのは、俺を出店巡りに誘ってくれたルークだ。だからほんとのことを言うと、巻き込まれたのは俺の方なんですよね。そうは言っても――

「ハルトさん。何か反論はありますか？」

「いえ、ありません」

反論できる雰囲気じゃなかった。リエルさん、ちょっと怖いです。

でもそれだけルークのことが好きで、心配でたまらないってことなんだろうな。

「分かった。今後はゲテモノに手を出すのはやめる」

「お、俺も。ハルトが大丈夫だったからって判断基準はやめます」

「ありがとうございます。私も全部がダメっていうんじゃなくてですね、ヒトの本能がダメって言っているのには特に注意してくださいってお願いしているのです。ルークさんはいつも、ハルトさんとの出店巡りをしているお話をすごく楽しそうにしてくださいます。ですから今後も、ルークさんと一緒に遊んであげてください」

そう言いながらリエルが俺に小さな小瓶を差し出してきた。

「これは？」

「アルヘイムの王族がそれぞれ数本所有しているエリクサーです」

「エリクサー!?　リ、リエル、なんで？」

「屋台巡りをしていてルークさんの身に何かがあったときは、コレを使ってください」

「でもコレって、ほんとの緊急時用のじゃ……」

「そうですよ。ルークさんの身に何かあるというのは、私にとって緊急事態ですから」

リエル、すごいな。アルヘイムの王族って言っても、やはりエリクサーは超貴重なアイテムのはず。それを迷わずルークのためにくれるっていうんだから、彼女がどれだけルークのことを心配しているのかが良く分かる。

「分かった。コレはルークの身に何かあったときに使わせてもらう」

リエルからエリクサーを受け取り、それを転移魔法で精霊界に保管しておく。俺が保管している数・・・・十本のエリクサー・・・と共に。実は俺、既にたくさんのエリクサーを確保していた。

エリクサーを作るうえで一番入手難易度の高い素材は『世界樹の葉』なのだが、それは俺と召喚契約を結んでいる風の精霊王シルフがいくらでもくれる。それ以外の素材もなかなか入手難易度が高いのだけど、エルノール家のみんなに協力してもらえば数本のエリクサーを作れるだけの素材は一日で集まるんだ。

エリクサーはいっぱい持っているけど、リエルから預かったコレはルーク専用ってことで保管しておこう。エリクサーがたくさんあることも黙っておく。その方がルークも、リエルの想いが良く分かるはず。

「ほんとに良いの？」

「えぇ。貴重なエリクサーを王族以外に渡してしまったことが知られたら、お父様や大臣たちに怒られるかもしれません……。でもそんなことより、ルークさんが私の知らないところで苦しんでいるかもしれないってことの方が私は辛いです」

「あ、ありがと。リエル」

ルークがお礼を言うが、その声は少し震えていた。恋人がそこまで自分のことを想ってくれていたと知って、激しく感動しているようだ。

「恋人のために……。偉いですね」

少し離れた所にいたリファがやって来て、リエルの頭を撫でる。

「エリクサーをルークさん用にした件は、私からもお父様に説明してみます。もし怒られることになったら、一緒に怒られましょう」

「お、お姉様！　ありがとうございます」

リエルがリファに抱き着いた。

俺の親友であるルークを、リエルはすごく大事に思ってくれている。そんな妹を持って、リファも嬉しそうだ。なんかこういうのって良いよね。アルヘイムの王様にリファやリエルが怒られちゃうかもっていうのは、ないようにしてあげたい。だから――

「シルフ、おいで」

召喚用の魔法陣を展開し、風の精霊王シルフをこの場に呼び出した。

風が渦巻き、その中心にシルフが現れる。

「やっほー！　ハルト、ひさしぶり!!」

「久しぶりだな」

「し、シルフ様！」

「あっ、リファ。ひさしぶりだねー。それから、リエルも」

「おお、お、お久しぶりでございます。シルフ様」

エルフ族にとってシルフは絶対的な存在だ。突如現れた彼女に声をかけられて、リエルは緊張で顔を強張《こわば》らせながら頭を下げた。

「急に僕を呼び出して、どうしたの？」

「リエルが王族用のエリクサーを俺の親友にあげたんだけどさ、その件でリエルが王様や大臣たちに怒られないようにしてほしいんだ」

シルフの言葉はアルヘイムでは絶対なので、彼女が許してくれればなんとでもなる。そう思って召喚したのだが、何故かシルフは渋そうな顔をする。

「えー。そうなの？　うーん……。困ったなぁ」

「何かマズいの？」

いつもの彼女ならすぐに快諾してくれそうな内容なのに、今回は違った。

「王族専用のエリクサーなんだよ？　それをほかのヒトにあげちゃうっていうのは、ちょっとねぇ……。まぁ、ハルトがどうしてもって言うのなら、聞いてあげないこともないけど」

そう言いながらシルフが俺の手元をチラッと見てくる。俺の手にはミルキー貝が乗った皿と、クラーケンの串焼きが握られていた。

「……なぁ、シルフ」

「なーに？　ハルト」

「もしリエルのことを何とかしてくれるなら、いまここで焼いてる串焼きとかを思う存分食べて良いぞ」

「えっ！　ほんと!?」

「あぁ。このクラーケンの足肉、まじで美味いから」

「た、確かに美味しそうだね。でも、それだけじゃ――」

「シルフ様。私が作ったデザートもありますよ」

俺の交渉を見守っていたティナが支援してくれる。このカード《交渉材料》は、かなり強力だ。

「ティナのデザート!?　えっ、めっちゃ食べたい!!」

シルフの心が揺れているのが分かる。だけどまだ何かが足りない様子。彼女は呼び出されたところで俺たちがBBQしているのを見て羨ましくなったから、いつもはすぐに快諾してくれる俺の頼みに難色を示すフリをしているんだろう。もしかしたら海に遊びに行くのを誘わなかったから、少し拗ねてるのかも。

「ご飯とティナのデザート食べたら、みんなで遊ぶんだ。良かったらシルフもどう？」

「僕、精霊王だよ？　ほんとに僕と遊びたいの？」

不安そうに聞いてくるシルフ。だけど彼女は、その心境を表すようにリズミカルな風を纏っ

ていた。きっと俺たちと遊べることにワクワクしている。

「俺はシルフと遊びたい。みんなもそうだろ？」

空気を読んでくれると信じて、周りのみんなに確認を取った。

「私もシルフ様と一緒に遊びたいです」

「「一緒に砂のお城を作りましょう！」」

「次はもっと大きなお城を作るの!!」

「ハルトの魔法の騎士に乗って、レースするにゃ！」

「私もやりたいです。負けませんからね、シルフ様」

良かった。みんなちゃんと空気を読んでくれた。

「みんな僕と遊びたいの？　し、仕方ないなぁ」

誰が見たって分かるくらい喜んでいるシルフ。

「まずはBBQで思う存分食べて」

「シルフ様。このお皿をお使いください」

「ティナ、ありがと」

「それでシルフ。リエルの件だけど……」

「あー、それね。ちなみにリエルも、僕と遊んでくれる？」

「は、はい！　もちろんご一緒させていただきます!!」

「なら僕らはもう友達だよね。友達が怒られるのは悲しいから、僕が何とかしてあげるよ」

風の精霊王シルフに友達だと言われ、リエルは嬉しさの余り倒れそうになった。それをルークが何とか支えて事なきを得る。

「シルフ、よろしくな」

「うんっ！　それよりご飯とデザートを食べたらみんなで遊ぶって約束、忘れないでよね」

「大丈夫、忘れないよ。シルフも食べながら、何やって遊びたいか考えておいて」

「はーい」

こうして俺たちはシルフを交え、海での一日を満喫した。

《了》

あとがき

『レベル1の最強賢者』五巻を手に取っていただき、誠にありがとうございます。本シリーズは漫画版を合わせると、この五巻で七冊目になります。書籍一巻が令和元年八月に発売され、それから約一年九ヵ月で七冊です。良いペースなのではないかと思います。今後もこの調子で頑張っていきますので、ご愛読よろしくお願いいたします。（書籍六巻も出したい!!）

本作の帯に『シリーズ累計十五万部突破！』という表記があったのをご覧いただけましたでしょうか？　なんか十五万部を突破したみたいです。私が考えた物語が十五万冊以上の本になって世に出回っていると考えると、すごいことだなと思います。大変ありがたいことです。読者の皆様、本作に素敵なイラストを添えて下さった水季先生、漫画版担当のかん奈先生、担当編集様、本作の出版に携わった皆様に、心より感謝いたします。

四巻のあとがきにて『以降の巻はもっと書き下ろしストーリー増し増しでやる』みたいなことを書いていたら、それが実現しちゃいました。本作は書籍四巻までで書かなかったルークやリューシン、マイとメイのストーリーを新たに書いています。一部ＷＥＢ版のを利用しましたが、十万文字くらいは書き下ろしです。実は、ちょうど五巻の原稿を書き始めたころに娘が産まれました。育児休暇をとる予定だったので、執筆時間は確保できるかなと考えていたのですが……。甘かったですね。育児って大変ですね。隙間時間は結構ありますが、まとまった執筆時間がとれませんでした。子育てしながら執筆している作家さんを何人か存じ上げておりますが、改めて凄いと感じました。一方で私は、全く原稿が進みませんでした。しかも十万文字も書かなきゃいけない……。進捗ダメです！　って感じでした。育児のための育児休暇なので、仕方ないかなーと諦めました。その後、体調の回復してきた妻の協力のおかげで、なんとか原稿を書き上げることができました。ほんとにありがとう。五巻の印税が入ったら、家族みんなで美味しいものを食べに行きましょう。

文字数余ったので、娘が産まれたことについて語ります。うちの子、めっちゃ可愛いです。最近笑うようになったのですが、仕事から帰った私の顔を見てニコってしてくれるのがたまらなく幸せです。翌日も仕事を頑張ろうって思えます。私の日常生活がネタの宝庫になったので、物語にも反映させています。書籍版ではまだ先のことになるかと思いますが、ＷＥＢ版ではそろそろハルトの子どもが産まれます。育児に奮闘するハルトを書いていくつもりです。彼なら魔法で全部何とかしちゃいそうですね。オムツを開発しちゃうストーリーなんかも考えていたりします。最強賢者、パパになる!?　って書かれた帯が見られるよう、今後も頑張ります！

最後に、いつものアレで〆ますね。

『祝！　書籍五巻発売＆シリーズ累計十五万部突破!!』

木塚麻弥

コミックポルカ
COMICPOLCA
レベル1の最強賢者
～呪いで最下級魔法しか使えないけど、神の勘違いで無限の魔力を手に入れ最強に～
LEVEL 1 NO SAIKYO KENJYA
原作・木塚麻弥　漫画・かん奈
キャラクター原案　水季
魔力∞のチート賢者、漫画でも爆誕!!!
コミック版単行本1～2巻
好評発売中!!
©Kizuka Maya ©KANNA